레티아 Letia

숲의 민족, 엘프처럼 생긴 조교사.
윤과 함께 바닷속에 숨겨져 있는 비보를 탐색한다.

Only Sense
온리 센스 온라인
Online

"봐,

전혀
무섭지
않아!"

뮤우 *Myu*
한 손 검과 백마법을 다루는 성기사.
여름 이벤트를 만끽하다가 윤이 놀라는
모습을 보기 위해 유령선에 가는데?!

"윤, 정말 힘들 것 같으면
로그아웃해도 돼."

"흐악?!
뭐, 뭐야?!"

윤 *Yun*
[아트리엘]을 경영하는 생산직.
[해적왕의 비보]를 찾아 공포의 소굴,
유령선으로…… 무서운 건 싫어한다.

세이 *Sei*
수속성을 다루는 강력한 마법사.
유령선에 숨겨져 있는 레어 아이템을 찾아
윤 일행과 탐색, 아니 담력시험을 하러 떠난다!

온리 센스 온라인
17

아로하자초 지음 ㅣ **유키상** 일러스트 ㅣ **천선필** 옮김

커버 그림, 본문 일러스트 | **유키상**

Only Sense Online
외딴 섬과 보물찾기 후편

Only Sense
Online
온리 센스 온라인
16

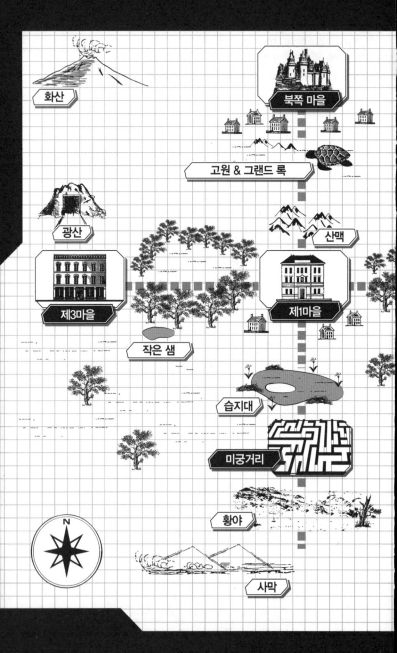

화산

북쪽 마을

고원 & 그랜드 록

광산

산맥

제3마을

작은 샘

제1마을

습지대

미궁거리

황야

사막

N

Only Sense Online Area Map

윤 Yun

최고로 인기 없는 무기 [활]을 택해버린 초심자 플레이어. 수습 생산직으로서 부가 마법이나 아이템 생산의 가능성을 깨닫기 시작하고——————

뮤우 Myu

윤의 리얼 여동생. 한 손 검과 광 마법을 다루는 성기사로 완전 전위형. 베타판에서는 전설이 될 정도의 치트급 플레이어.

마기 Magi

톱 생산직 중 한 명으로 플레이어들 중에서도 유명한 무기 장인. 윤의 든든한 선배로 충고를 해준다.

세이 Sei

윤의 리얼 누나. 베타판부터 플레이한 최강 클래스의 마법사. 수 속성을 주로 다루고 모든 등급의 마법을 구사한다.

타쿠 Taku

윤을 OSO로 끌어들인 장본인. 한 손 검을 다루고 경갑옷을 장비하는 검사. 공략에 애쓰는 정통파 플레이어.

클로드 Cloude

재봉사. 톱 생산직 중 한 명으로 의복류 장비품 가게의 주인. 윤이나 마기의 오리지널 장비 클로드 시리즈를 만들었다.

리리 Lyly

톱 생산직 중 한 명으로 일류 목공 기술자. 지팡이나 활 등의 수제 장비는 많은 플레이어에게 인기를 얻고 있다.

서장　신작 간식과 암거래 상인

그날 OSO에 로그인한 나는 대성당 앞 광장에서 만나기로 한 사람을 기다리고 있었다.

약속한 시간보다 조금 일찍 와서 기다리고 있자니 시간에 맞춰서 에밀리 양이 왔다.

"윤 군, 오래 기다렸어?"

"방금 왔어. 그건 그렇고, 오늘은 기대되는데?"

내가 만나기로 한 에밀리 양에게 그렇게 대답하자 에밀리 양도 살짝 웃었다.

"그래, 정말 기대돼."

나와 에밀리 양이 만나서 나눈 이야기는 마치 남녀가 데이트하며 나누는 대화 같았지만, 실제로는 그런 게 아니었다.

"얼른 왔으면 하는데."

"시간은 제대로 지키는 녀석이니까 만나기로 한 시간에 늦지는 않을 거야. 봐——."

그렇게 우리가 기다리는 와중에 만나기로 했던 마지막 한 명이 플레이어들 사이를 지나 이쪽으로 다가왔다.

"윤하고 에밀리. 나 왔다."

타쿠는 평소에 플레이어들끼리 만나기로 하면 밝은 표정으로 나타나곤 하는데, 오늘 타쿠는 석연치 않은 표정으로 나타났다.

그 이유는――.

"오늘은 타쿠 군이 [콤네스티 카페 양복점]의 신작 간식을 사주기로 했지."

"그리고 뤼이하고 자쿠로에게 줄 선물도 부탁할게."

나와 에밀리 양이 그렇게 말하자 타쿠는 어깨를 늘어뜨리고 땅바닥을 향해 한숨을 내쉬었다.

"좀 봐주라고. 콤네스티의 신작 간식은 진짜 비싸니까."

"봐줄 리가 없잖아? 타쿠 군은 어느 정도 쓴맛을 봐야 정신을 차리니까."

말을 꽤 독하게 하는구나, 나는 에밀리 양의 말을 듣고 그렇게 생각하며 쓴웃음을 지었다. 그 말을 들은 타쿠는 불만스럽다는 듯 표정을 지었다.

"자, 양손의 꽃이니까 그렇게 시원찮은 표정 짓지 말고 얼른 가자!"

"그래. 모처럼 신작 간식을 먹으러 가는 건데……, 아니, 에밀리 양, 은근히 나를 여자애 취급하지 말아 줄래?"

"어머, 현실에서는 주문하기가 좀 힘든 간식을 먹을 수 있는데?"

"윽……, 그건 매력적일 것 같긴 한데……, 아니, 그런 게 아니라."

나와 에밀리 양이 이야기하는 걸 듣고 있던 타쿠는 살짝 소리를 내며 웃고는 구부리고 있던 등을 폈다.

애초에 이렇게 된 계기는 현실의 6월에서 7월까지 진행된 학교 행사── 기말고사 때문이다.

그 시험 성적에 따라 보충학습이나 여름방학 과제가 추가로 발생하게 된다.

"슌! 엔도! 시험 공부 좀 도와줘!"

기말고사에 투자할 공부 시간과 낙제하면 발생할 보충학습이나 추가 과제 등으로 인한 시간적인 손실을 고려한 결과, 타쿠는 우리에게 대책을 세워달라고 부탁했다.

나와 에밀리 양이 각자 잘하는 과목으로 타쿠에게 시험 대책을 세워준 결과── 무사히 낙제를 회피했을 뿐만 아니라 20위 안에 들 정도로 성적이 많이 올랐다.

그리고 오늘, 그 보답으로 [콤네스티 카페 양복점]의 파티셰인 피오르 씨의 신작 간식을 타쿠에게 얻어먹기로 했다.

"진짜 좀 봐달라고. 오늘 간식을 대접한 다음에 사고 싶은 게 있으니까."

"타쿠, 욕심나는 거라도 생겼어?"

"그건 카페에서 느긋하게 이야기할게. OSO의 최근 동향 같은 정보까지 포함해서."

내가 물어보자 타쿠는 그렇게 대답했다.

기말고사에 집중하던 나와 에밀리 양은 OSO에 로그인을 잘 하지 않긴 했다.

로그인을 전혀 안 했던 건 아니지만, 2주 정도 OSO 플레이어들의 동향이나 정보를 파악하지 못하는 상태였기에 언어먹을 겸 이야기를 듣기로 하였다.

"실례합니다. 저는 망고 푸딩하고 초코바나나 케이크, 그리고 아이스티요."

"나는 트로피컬 후르츠 젤리하고 코코넛 파운드 케이크, 그리고 홍차하고 옵션으로 드라이 망고로 할게."

나와 타쿠, 에밀리 양은 클로드가 오너로 있는 [콤네스티 카페 양복점]에 도착했고, 가게 안의 자리를 안내받자마자 신작 간식을 주문했다.

"너희들, 인정사정없이 하나당 15만 G나 하는 간식을——, 나는 적당히 가토 쇼콜라하고 밀크 커피로 할게."

"알겠습니다——."

타쿠가 어깨를 늘어뜨리고 있자니 웨이트리스 NPC가 주문을 받은 다음 상품을 가지고 왔다.

그리고 나와 타쿠, 에밀리 양은 먼저 나온 음료수를 마셨다.

"음~. 아이스티가 차가워서 맛있네."

"드라이 망고를 적신 홍차도 맛있어. 잠시 적셔두면 드라이 망고가 흐늘흐늘해져서 먹기 편하고."

"앗, 그 홍차도 맛있을 것 같네. 나도 다시 주문할 때 시켜야지."

잠시 후, 메인 간식이 나왔고 우리는 한 입씩 맛보았다.

"맛있네, 역시 피오르 씨야. 그리고 외딴섬 에리어의 과일이니까 스테이터스 상승 효과도 있고."

"이 정도면 하나당 15만 G라는 가격도 이해가 되네. 나중에 코코넛 파운드 케이크를 테이크아웃해서 선물로 가져가야겠어."

"나는 바나나 칩스로 할까. 앗, 외딴섬에서는 카카오가 발견되어서 초콜릿 계열 과자도 있네."

나와 에밀리 양은 화기애애하게 간식을 먹었다.

한편, 카페에 우연히 와 있던 플레이어들이——'칫, 양손의 꽃 상태로 우아하게 커피나 마시고 있기는!', '소꿉친구세 자매뿐만이 아니라 이번에는 시원스러운 지적 미소녀도데리고 데이트냐', '방금 시험 공부를 도와준 보답으로 산다고 하던데. 인싸냐? 폭발해버려!'

그렇게 작은 목소리가 가게 안 이곳저곳에서 들렸기에 우리 이야기를 하는 플레이어가 있는 건가 싶어서 둘러보았지만, 보이지 않았기에 고개를 갸웃거렸다.

분명히 프렌드 통신으로 받은 스크린샷을 보고 한 말이겠지, 그렇게 생각하며 간식을 즐겼다.

신작 남국 간식을 즐긴 나와 에밀리 양은 차를 다시 주문한 다음 타쿠를 돌아보았다.

"그럼 아까 말했던 OSO의 동향에 대해 알려줄래?"

"그래, 우리가 시험 기간에 있었던 일 중에서는 외딴섬 에리어에 도달한 플레이어가 꽤 많이 늘어났다는 게 있어."

현재 OSO에서 유행인 건 바다 너머에 있는 외딴섬 에리어다.

외딴섬을 무대로 한 열대 에리어이고, 그 섬을 중심으로

[해적왕의 비보]라는 보물찾기 요소가 존재한다.

얼마 전, 여러 길드와 파티가 집단으로 해역을 돌파한 것을 계기로 조금씩 바다를 건널 방법이 발달하였다.

"순서대로 일어난 일을 설명하자면, [생산 길드]가 운반선을 만들어내서 해안 에리어에서 외딴섬으로 플레이어들을 실어다 주게 되었는데, 이건 에밀리가 더 잘 알겠지."

"그래. 나도 협력했으니까 결과는 들었어."

내가 우연히 만들어낸 합성 MOB인 아쿠아 젤을 추진력으로 삼은 기구를 사용해서 마기 씨와 리리, 에밀리 양이 공동으로 배를 개발하고 있었다.

에밀리 양이 추진력을 만들어내는 합성 MOB인 아쿠아 젤을 만든다는 건 알고 있었지만, 내가 마지막으로 확인한 건 보트나 수상 바이크 같은 소형선이었다.

"그랬구나. 대형선이 완성되었단 말이지. 에밀리 양, 축하해."

"후후, 고마워. 하지만 나는 MOB을 마련하기만 했을 뿐이고, 그 뒤로는 전부 [생산 길드]에게 맡겼어."

내가 에밀리 양에게 축하하는 말을 건네자 에밀리 양은 쑥스럽다는 듯이 웃었다.

그리고 타쿠는 그 운반선이 완성된 이후로 우리가 파악하지 못한 최근 2주 동안의 OSO 동향을 가르쳐주었다.

"[생산 길드]가 운반선을 만들어서 운임을 그럭저럭 받으면서 플레이어들을 외딴섬까지 데려다주었어. 물론 해역 돌파의 시스템상 많은 인원을 태우면 난이도가 너무 높아지니까 그런 것까지 감안해서 사람들을 태웠고."

그 대신, 가동한 운반선 세 척에는 마기 씨가 주체가 되어 커스터마이즈한 기계장치 마도인형이 호위와 배의 조종을 맡았고, 갑판에는 리리가 양산한 고정식 기계궁이 설치되었다.

그 결과, 플레이어가 없어도 해역 돌파가 가능해져서 오히려 일종의 크루징 컨텐츠로 즐길 수 있는 결과가 되었다.

"그건 좀 뜻밖인데."

"나도 그 이야기는 처음 들었어. 뭐, 그런 에리어 돌파 방법은 이미 사례가 있지."

제1마을 북쪽에는 절벽이 솟구쳐 있고, 절벽 중턱 부근에는 고원 에리어로 통하는 동굴이 있다.

보통은 [등산] 센스 등을 취득해서 도달하곤 하지만, 센스를 취득할 시간이 없는 플레이어는 1회용 비행형 합성 MOB을 이용해서 돌파한 사례까지 있다.

"뭐, 그렇게 외딴섬 에리어에 도달한 플레이어가 늘어난 결과, 내열 효과가 있는 장비의 수요가 높아진 것도 있고."

노점 같은 곳에서는 천 계열 방어구 생산직이 날마다 수영복 계열 방어구를 만들어내고 있고, 이 [콤네스티 카페 양복점]의 옷가게 쪽 특설 코너에도 수영복 장비가 진열되어 있었다.

"뭐, 이제 곧 본격적으로 여름이 될 테고, 레저 목적으로 수영복 수요가 늘어나겠지."

"그렇구나……."

"뭐, 상상은 되네."

타쿠가 설명하자 나와 에밀리 양이 이해했고, 마지막으로 타쿠가 외딴섬 관련 정보를 말하려던 참에 프렌드 통신이 들어와 이야기를 멈췄다.

"그리고——, 프렌드 통신 메시지가 왔네. 마침 잘되었으니 보러 갈까?"

"보러 간다니, 어딜?"

"그 현장이라는 곳 말이야."

타쿠가 그렇게 말하고 남은 커피를 단숨에 마신 다음 자리에서 일어났다.

나와 에밀리 양은 미리 주문해두었던 선물용 간식을 웨이트리스 NPC에게 받고 인벤토리에 넣었다.

그리고 타쿠는 계산을 할 때 엄청나게 큰 금액이라는 사실을 확인하고 어깨를 축 늘어뜨렸다.

●

[콤네스티 카페 양복점]을 나선 우리는 타쿠의 안내를 받아 전이 오브젝트 포탈을 사용해서 [미궁거리]로 이동했다.

그리고 준 기념일 업데이트로 [미궁거리]에 추가된 [스타게이트]라는 원형 오브젝트 앞으로 왔다.

"음, 이번 심볼은——, [맑음]하고 [짐승], [숲]을 차례대로 넣으면 되겠지."

타쿠는 [스타 게이트]의 심볼을 선택해서 에리어 생성을 하기 시작했다.

"이봐, 타쿠. 슬슬 가르쳐주면 안 돼?"

"그건 들어가서 볼 때까지 비밀이야. 자, 가자!"

내가 묻자 타쿠는 나와 에밀리 양에게 [스타 게이트]에 들어가라며 손짓했다.

나와 에밀리 양이 의아하게 생각하면서도 [스타 게이트] 고리 안으로 들어가자 그곳에는 평범한 삼림 에리어가 펼쳐져 있었다.

단, [스타 게이트]의 바로 앞에 있는 광장에는 여러 명의 플레이어가 노점을 세워두었고, 그 노점에 온 플레이어들도 상품을 보러 모여 있었다.

"타쿠 군, 이게 뭐야?"

"——암거래 상인을 롤플레이 하는 노점상 집단이야. 예전에는 각 마을의 뒷골목 같은 곳에서 부정기적으로 개최하곤 했는데, 최근에는 [스타 게이트]의 에리어 안에 노점을 내거든. 아는 플레이어들에게만 프렌드 통신 메시지 기능으로 개최 에리어의 심볼 코드를 일제 송신해주고."

그렇게 타쿠가 우리에게 설명하며 노점 중 한 곳으로 다가가 드레드 헤어에 선글라스를 낀 암거래 상인 플레이어에게 인사를 했다.

예전에 길드증을 찾아다닐 때 만났던 플레이어였고, 상대방도 나를 알아보았다.

　나도 살짝 고개를 숙여 인사를 한 다음, 에밀리 양과 함께 노점 아이템을 들여다보았다.

　"앗, [해적왕의 보물 지도]다."

　"그래, 외딴섬 에리어에 진출한 결과 [해적왕의 보물 지도]가 상품으로 나오게 되었어. 이 암거래 상인의 노점은 꽤 양심적이라서 안내해준 거고."

　타쿠 말에 따르면, [생산 길드]의 운반선이 플레이어들을 수송해주게 된 단계에서 보물 지도나 [해적왕의 비보]가 노점에 나오리라는 예상을 할 수 있었다.

　[스타 게이트]의 복각 업데이트 때, [되팔이 길드]가 [심볼] 아이템을 부당한 가격을 받고 팔았다.

　또 그런 일이 발생하지 않게끔 마기 씨 같은 사람들이 외딴섬 에리어에 [생산 길드]와 밀접한 관계를 맺고 있던 노점상 플레이어들을 보냈다.

　그 결과, 그렇게 얻을 수 있는 아이템을 독점하지 못하게 하고 가격을 경쟁하게 만드는 기반을 만들어낸 모양이었다.

　"뭐, 그래서 지금은 가격이 안정되었지."

　"오, 그랬구나. 뭐, 지도 상인에게 무작위 지도를 구입하는 것보다는 원하는 지도를 사는 게 편하긴 하지. 앗, 이 지도는 싸네."

　"정말이네. 나도 살까? 이런 번호들은 20만 G도 안 되는데."

나와 에밀리 양은 노점에 진열되어 있던 1부터 108번까지 지도를 확인했다.

지도 번호가 낮을수록 [해적왕의 비보]를 입수할 수 있는 난이도도 높아지기 때문에 가격이 높은 경향이 있다.

단, 난이도가 높고 아직 [해적왕의 비보]가 발견되지 않은 보물 지도는 보상으로 받을 아이템의 성능을 모르기 때문에 기대를 담아 50만 G.

반대로 [해적왕의 비보]가 무엇인지 알려져서 인기가 많은 지도는 한 장에 500만 G라는 가격이 붙어 있었다.

그리고 지도 번호가 크고 아이템 성능이 알려져 있지만 인기가 별로 없는 [해적왕의 보물 지도]에는 20만 G도 안 되는 가격이 붙었다.

그럼에도 보물상자를 발견하면 [해적왕의 비보]뿐만이 아니라 환금용 아이템이나 소재 아이템, 돈 같은 것들을 얻을 수 있어서 보물을 찾는 수고를 제외하면 지도값 20만G는 회수할 수 있다.

"80번 이상 지도는 꽤 싸네. 이유가 뭐지?"

"그쪽 지도는 공략 난이도가 낮긴 하지만, 회수하기 골치 아픈 것들이 많거든. 예를 들어서 바닷속에 가라앉은 보물 상자라든가, MOB이 보물을 끌어안고 있어서 지도 범위 안에서 계속 움직인다든가. 아니면 그냥 [해적왕의 비보] 자체에 인기가 없거나."

드레드 헤어에 선글라스를 낀 암거래 상인 플레이어가 그렇게 설명해주자 나와 에밀리 양은 이해했다.

"그렇구나, [수영] 같은 특수한 기능 계열 센스가 필요한 건가? 재미있네. 지도 상인에게 사는 것보다 싸니까 80번부터 108번까지 지도를 전부 사둘까?"

"나는 레티아 같은 애들하고 같이 물가를 찾아볼까? 일단 물가 쪽 지도를 줘."

"두 분 다 갑자기 시원스럽게 사시네. 자, 이게 원하던 지도야!"

드레드 헤어 암거래 상인 플레이어가 그렇게 말하며 지도를 건넸고, 한 장당 평균 10만 G 정도로 꽤 싸게 얻었다.

"그리고 타쿠 씨. 당신이 부탁했던 그게 들어왔다고."

"그럼 부르는 값에 살게. 그런데 방금 윤하고 에밀리에게 신작 간식을 대접해서 두 번째 지도 대금은 못 낼지도 모르겠어."

"타쿠 씨가 가지고 있는 레어 검 콜렉션을 우리에게 팔아주면 바로 살 사람을 찾아내서 돈으로 바꿀 수 있을 텐데."

"내 검 콜렉션은 안 넘겨. 그래서, 한 장에 얼마인데?"

"200만짜리 2장이니까 400만. 뭐, 새 손님을 데리고 와줬으니 이번에는 특별히 350만 G로 해주지."

"돈이 아슬아슬하게 남네. 그 가격에 사지."

타쿠와 드레드 헤어 암거래 상인은 그렇게 수상쩍은 거래를 하는 듯한 말을 나누며 보물 지도를 거래했다.

"이봐, 타쿠. 그 지도는 뭐야?"

"응? 42번 [해적왕의 보물 지도]야. 이 지도로 얻을 수 있는 [질풍의 시미터]라는 무기를 가지고 싶어서 지도를 미리 주문해뒀었거든."

타쿠는 그렇게 말하면서 같은 번호 지도를 두 장 받아들었다.

타쿠는 이도류 검사 스타일 플레이어이기 때문에 양손에 장비할 수 있게끔 [질풍의 시미터]를 두 자루 얻으려는 것 같았다.

"뭐, 요즘 OSO에서 특이한 거라면 이 정도려나?"

그렇게 말하며 보물 지도를 손에 넣은 타쿠는 나와 에밀리 양을 돌아보았다.

"이것저것 정보 고마워. 잘 이해했어."

"나도 암거래 노점을 가르쳐줘서 고마워. 잘 활용해볼게."

나와 에밀리 양은 타쿠와 마찬가지로 암거래 노점 개최장소를 알 수 있게끔 드레드 헤어 암거래 상인을 친구로 등록했다.

이제 다음에 암거래 노점이 개최되면 그 장소의 심볼 코드를 프렌드 통신 메시지로 알려줄 거다.

"OSO 정보를 가르쳐주는 정도는 아무것도 아니지. 나야말로 시험 공부 대책을 세워줘서 도움이 되었어. 그런데 둘 다 어떻게 할 거야? 바로 그 지도의 보물을 찾을 거야?"

타쿠도 나와 에밀리 양에게 고맙다고 인사한 후, 오늘 일정에 관해 물어보았다.

이대로 셋이서 외딴섬 에리어로 이동해서 보물 찾기 같은 걸 할 생각이었던 모양이지만, 나와 에밀리 양은 거절했다.

"나는 됐어. 혼자서 느긋하게 지내고 싶으니까."

"나는 좀 더 암거래 상인들에게 소재 아이템 같은 것들에 대해 물어볼래."

나와 에밀리 양이 각자 이유를 설명하자 타쿠는 쓴웃음을 지으며 받아들였다.

"그럼 나는 간츠 녀석들을 데리고 [질풍의 시미터]를 찾으러 가볼까? 또 보자."

그렇게 우리는 각자의 목적을 위해 헤어졌다.

1장   소용돌이와 해저 사당

따가운 햇볕이 내리쬐는 외딴섬 에리어 서해안.

나는 길드 [OSO 어업조합]의 [바다의 집] 2호점 부근에 마련된 부두 위에 있었다.

경영 수영복에 햇볕 대책으로 파카를 걸치고 파라솔 아래에 있던 나는 수속성 합성 MOB인 아쿠아 젤을 쿠션 삼아 뤼이, 자쿠로와 함께 느긋하게 지내고 있었다.

"아~, 바닷바람이 기분 좋은데."

나는 부두에 놓아둔 낚시대를 고정해주는 로드 홀더를 가끔 확인하면서 바다에서 불어오는 기분 좋은 바람을 맞으며 눈을 가늘게 떴다.

그리고 낚시대가 반응을 보이자 낚시대를 살짝 들어서 바늘에 걸린 물건을 건져낸 다음 확인했다.

"이번에는——, [시사이드 캐비어]구나. [브리징 포션] 소재로 쓸 수 있겠네."

나는 그렇게 중얼거리며 해초 아이템을 낚시바늘에서 떼어냈다.

내가 뭘 하고 있냐 하면, 그냥 낚시다.

최근에 암거래 상인 플레이어에게 싸게 산 [해적왕의 보물 지도]를 보며 외딴섬 에리어의 가장자리를 돌아다녔다.

외딴섬 가운데로 갈수록 적 MOB이 강해지고, [해적왕의 비보] 시련의 난이도도 높아진다.

　그렇기 때문에 나는 외딴섬 가장자리에서 간단한 보물만 찾으며 [해적왕의 비보]──의 부산물인 보석 계열 아이템을 모으고 있었다.

　매우 큰 보석은 EX 스킬인 [마력 부여]를 사용함으로써 [마보석]이라는 아이템으로 만들 수 있다.

　지금까지는 [마보석]을 어떻게 써야 할지 몰랐고, 현실에서 시험 기간이 되어버렸기에 충분히 조사할 수도 없었다.

　그래서 간단한 보물을 찾을 겸, [마보석] 연구에 사용할 보석 계열 아이템을 모았다.

　"휴우, 이제 남은 지도의 보물은 파티용 퀘스트나 바닷속에 있는 것들이구나."

　그리고 [마보석] 연구용 보석도 다 모이자 나 혼자서는 입수하기 힘든 [해적왕의 비보]는 뒤로 미뤄두고 이렇게 바다낚시를 즐겼다.

　가끔 물고기 말고도 파도의 흐름을 타고 [보물 지도]나 바다의 소재 아이템 같은 걸 낚을 수 있는 데다 물고기 계열 아이템 중에는 의외로 유용한 것들이 많았다.

　마비독을 지닌 독어 [둥근 복어]는 육식 계열 MOB에게 던져서 먹이면 [마비 3] 상태이상을 부여하는 천연 마비약으로 쓸 수 있다.

　식용에 적합하지 않은 대형 물고기 [유사 청어]는 말려서 가루로 만든 다음 각종 소재와 혼합하면 밭에 줄 비료로 쓸 수 있다.

예쁘게 생긴 등 푸른 생선인 [푸른 눈]은 먹어도 맛있지만, 푸른 눈에서 추출한 물고기 기름인 [푸른 눈 기름]은 알약 계열 아이템과 섞으면 효과가 강해진다.

예를 들어 [도깨비의 묘약환]의 소재인 약령초와 [용암곰의 간]에 [푸른 눈 기름]을 약간 넣기만 해도 효과가 최대 1.2배까지 강해지고, SP 취득에 따른 회복량 제한이 한 단계 완화된다.

그렇게 유용한 소재를 얻을 수 있어서, 나는 조합 레시피 책인 [중급 약사 기술서]를 통해 소재를 써먹는 법을 확인하며 느긋하게 낚시를 즐기고 있다.

물론 낚은 식용 물고기는 먹을 수도 있어 그쪽 방면으로도 유용하다.

그런 식으로 시간을 보내고 있자니 부두를 걸어오는 소리가 들렸기에 책을 덮고 고개를 들었다.

"윤, 낚시한당가? 고생이 많네."

"오, 시치후쿠구나. 물고기 잡으러 가려고?"

길드 [OSO 어업조합]의 길마인 시치후쿠가 작살과 머리에 걸친 고글을 확인하며 부두를 걸어왔다.

"바다에 있는 어패류 MOB을 잡으러 갈 거여. 가는 김에 [코랄 트리]가 있으면 선물로 가져다줄랑게."

"고마워. 그럼 항상 쓰던 걸 가지고 가."

나는 인벤토리에서 암시 효과를 부여해주는 [나이트비전

크림]과 수중호흡 효과를 부여해주는 [브리징 포션]을 30개씩 세트를 꺼내 시치후쿠에게 건넸다.

수중에 특화된 시치후쿠는 수중 보조 아이템을 필요했고, 아직 수요가 별로 없기 때문에 만드는 사람도 별로 없다.

내가 수중 보조 아이템을 제공해주는 대신 시치후쿠는 잠수해서 물고기를 잡는 김에 바다의 소재를 입수해서 내게 가져다주곤 한다.

그런 바다 소재 중에서 내가 특히 가지고 싶어 하는 것은 연한 분홍색 산호초인 [코랄 트리]라는 소재다.

외딴섬 근해에서도 [코랄 트리]는 강력한 수중 MOB들이 돌아다니는 깊은 바닷속에 서식한다.

가루로 만들면 해독약 소재로 쓸 수 있고, 연마하면 보석도 된다.

그 밖에도 이 소재를 써서 만든 액세서리에는 [독 내성(극소)]라는 추가 효과가 붙고, 여러 가지 [독 내성] 강화소재를 부여함으로써 추가 효과가 상위인 [맹독내성(소)]로 변한다는 사실을 알아냈다.

현재 OSO에서 액세서리나 조합 소재로 유용한 [코랄 트리]를 안정적으로 모을 수 있는 건 수중 특화 길드인 [OSO 어업조합]뿐이다.

그래서 나는 그들에게 수중 보조 아이템을 주며 우선적으로 거래를 하고 있다.

"그럼 다녀오마."

"그래, 다녀와."

그렇게 말하고 바다로 뛰어드는 시치후쿠를 배웅하며, 반응이 온 낚시대를 들어 올리자 새로운 물고기가 낚였다.

그런 느낌으로 느긋하게 지내다 보니 외딴섬 북쪽에서 플레이어들을 태우고 온 배 한 척이 들어오는 게 보였다.

"저게 운반선이구나. 페리 같네."

탄 사람이 그리 많진 않지만, MOB식 엔진으로 물을 뿜어내며 나아가는 운반선은 기계장치 마도인형들이 조종해서 서쪽 해안으로 들어온 것과 동시에 타고 있던 플레이어들을 내려주기 시작했다.

『이곳은 종점인 외딴섬, 서쪽, 바다의 집 앞입니다. [해적 소탕작전]에 협력해주셔서 감사합니다. 다시 이용해주시길 부탁드립니다.』

기계장치 마도인형 한 대가 도착 안내를 해주자 플레이어들이 밝은 표정으로 배에서 내리기 시작했다.

배의 크기와 배 위에서 전투를 벌일 것까지 고려하면 한 번에 태우고 올 수 있는 플레이어들의 숫자는 한 파티 정도인 것 같았다.

승선 인원수에 여유가 있을 것 같긴 했지만, 해역 돌파 인원수가 적으면 해역 에리어나 외딴섬 도착시에 발생하는 [해적 토벌작전] 퀘스트의 난이도도 낮아진다.

그렇게 난이도가 낮은 전투를 마친 플레이어들이 운반선의 안내에 따라 [바다의 집] 앞에 내리자 플레이어들을 모두 내려준 운반선이 빛의 입자로 변해 사라졌다.

운반선과 그것을 조종하는 기계장치 마도인형들은 아이템 취급이기 때문에 외딴섬 에리어까지 이동한 뒤에는 해안 에리어의 정해진 위치로 돌아가서 다음 승객을 기다릴 것이다.

"판타지라니까……, 오, 또 입질이 왔네."

내가 그렇게 중얼거리며 낚시대를 잡아당기자 이번에는 병에 든 채 떠다니던 보물 지도가 낚였다.

"이건 10번 [해적왕의 보물 지도]구나. 낚시하고 있으니 은근히 보물 지도가 쌓이네."

새로운 보물 지도가 꽤 쌓여서 또 슬슬 찾으러 가볼까 생각하던 참에 바다 위에서 낯익은 모습이 다가오고 있는 걸 발견했다.

『뀨우뀨우~!』

『큐오오오오오옹.』

자쿠로가 울음소리를 내자 그 소리를 들은 수장룡이 이쪽을 돌아보고 마찬가지로 울음소리를 낸 다음 진로를 천천히 이쪽으로 돌리기 시작했다.

그 수장룡——, 수룡인 우즈키는 등에 레티아와 그녀의 사역 MOB인 밀버드 나츠키, 라나 버그 키사라기를 태운 채 다가왔다.

"레티아, 오랜만이구나."

"윤 씨, 안녕하세요. 배가 고파요……."

"그래, 그래. 그럼 낚은 물고기를 줄게."

나는 포션 등에 쓸 소재를 제외한 식용 물고기를 양동이에 담아서 레티아에게 건넸다.

"감사합니다. ……바로 먹을까요? 날것 채로."

"아무리 그래도 내 눈앞에서 물고기를 익히지도 않고 뜯어 먹으면 어떻게 반응해야 할지 곤란한데."

내가 눈을 흘기자 레티아가 농담이라면서 살짝 웃었다.

하지만 약간 불안해진 나는 조리해둔 요리 아이템 몇 개를 레티아에게 주고 물고기는 [OSO 어업조합] 멤버들에게 조리를 부탁하라고 말했다.

"뀨우뀨우!"

『큐오오오오오옹!』

사역 MOB들을 보니 자쿠로가 부두 위에서 꼬리로 몸을 받치는 듯이 발돋움하면서 긴 목을 내리고 있던 수룡 우즈키와 코끝을 비벼대며 인사하고 있었다.

그리고 뤼이 등에 탄 밀버드 나츠와 라나 버그 키사라기는 부두로 뛰어내린 뒤, 우리에게 한쪽 다리를 들고 인사를 하고는 토해낸 실을 바다에 던져서 낚시하기 시작했다.

나는 그렇게 훈훈한 광경을 보며 라나 버그인 키사라기 옆에 앉아 다시 낚시하기로 했다.

레티아는 내게 받은 물고기가 든 양동이를 들고 수룡인 우즈키에게 주기 시작했다.

나와 레티아는 조용히 파도 소리를 들으며 시간을 보냈다.

내 낚시대에 반응이 왔고, 잡아당겨서 낚은 물고기를 레티아의 양동이에 넣었다.

　그리고 양동이에 들어 있던 물고기를 레티아가 수룡인 우즈키에게 던져주자 긴 목을 재주 좋게 움직여서 입으로 물고기를 받아먹었다.

　"우즈키는 물고기를 재주도 좋게 받아먹는구나."

　"이렇게 하면 재미있어하면서 먹이를 던져주는 사람이 많아서 식비가 굳거든요."

　『큐오오오오오옹!』

　맞장구를 치는 듯이 울음소리를 내는 우즈키를 보고 나는 레티아 일행이 조만간 서커스도 할 수 있겠다고 생각하며 쓴웃음을 지었다.

　그리고 내 곁에 있던 라나 버그인 키사라기가 드리운 실에도 반응이 와서 건져보니 나보다 훨씬 큼직한 물고기를 낚았다.

　낚은 물고기를 이빨로 작게 나눠서 밀버드인 나츠와 함께 나눠 먹었다.

　나는 그런 라나 버그의 등껍질을 쓰다듬으면서 레티아에게 물어보았다.

　"오늘은 벨이 없네?"

　"벨은 에밀리 씨하고 같이 나중에 올 거예요. 그런데 윤 씨는 지금 한가하신가요?"

　"보면 알겠지만, 한가해."

느긋하게 낚시를 하면서 시간을 보내고 있었기 때문에 시간은 꽤 여유롭다.

"실은 에밀리 씨, 벨하고 같이 외딴섬 근처 바다에 가라앉아 있는 [해적왕의 비보]를 찾아볼까 하거든요. 윤 씨도 같이 가보실래요?"

"나도 같이 가도 돼?"

"네, 좀 전까지 우즈키 등에 타서 섬을 둘러보며 [보물 지도] 포인트는 미리 봐뒀어요."

[해적왕의 보물 지도]에는 당첨과 꽝이 있고, 당첨에는 [해적왕의 비보]가 숨겨진 곳이 그려져 있지만, 꽝인 보물상자에는 돈과 생산 소재, 환금 아이템, 그리고 다음 단계로 이어지는 보물 지도가 들어 있다.

그렇게 차례차례 보물 지도에 따라 보물상자를 열어나가다 보면 언젠가는 [해적왕의 비보]에 도달할 수 있게 되어 있다.

하지만 사실 [해적왕의 보물 지도]는 지도의 번호와 숨겨진 장소만 일치한다면 당첨이나 꽝에 상관없이 비보의 시련을 발생시킬 수 있다.

두 번째 이후로 [해적왕의 비보]를 손에 넣으려 할 때 지루한 보물찾기 과정을 생략할 수 있게끔 하기 위해서인 것 같다.

하지만 OSO의 공략 정보로 그렇게 숨겨진 곳의 정보가 이미 돌아다니고 있어서 레티아는 외딴섬 근처 바다의 숨겨진 곳을 미리 봐두고 온 모양이었다.

"그러니까 윤 씨가 있으면 좀 더 안정적으로 모을 수 있을 것 같거든요."

"알았어, 도울게. 뭐, 나도 근처 바닷속 [해적왕의 보물 지도]는 손도 안 댔으니까 가는 김에 공략하는 걸 도와줬으면 하는데."

"알겠습니다. 그럼 외딴섬을 한 바퀴 돌면서 어떤 경로로 몇 번 [해적왕의 비보]를 회수할지 정할까요?"

나와 레티아는 부두 위에 [해적왕의 보물 지도]를 펼쳐두고 회수 루트에 대해 이야기를 나누었다.

그리고 근처 바다의 보물찾기 계획을 짜고 나자 에밀리 양과 벨도 합류했다.

"와아~, 푹신푹신이 잔뜩 있네!"

뤼이와 자쿠로, 우즈키 같은 사역 MOB들을 향해 달려가는 벨을 보고 쓴웃음을 지으며 천천히 부두를 걸어오던 에밀리 양이 인사했다.

"좀 전에 레티아에게 연락을 받는데, 윤 군도 같이 있었구나. 든든해."

"마침 말을 걸길래. 에밀리 양은 저번에 산 지도의 비보를 찾으려고?"

"그래, 맞아. 그리고 이유가 한 가지 더 있어."

"이유가 한 가지 더 있다고?"

암거래 상인의 노점에서 산 지도에 나온 [해적왕의 비보]

를 찾는 것 말고도 에밀리 양이 레티아 일행에게 협력해줄
이유가 있나 싶어서 의아했다.

"[소재상]이라고 자칭하면서도 요즘은 현실 쪽이 바빠서 외
딴섬 근처 바다에서 얻을 수 있는 소재에 대해 파악하지 못했
거든. 그것들을 조사하고 샘플 소재를 회수하는 중이야."

"아~, 그렇구나. 요즘은 [코랄 트리] 같은 게 인기 있는
소재니까. 그런 거라면 내가 알려줄 수도 있을 것 같아."

"고마워, 윤 군."

그리고 레티아의 만복도가 회복되고, 벨이 사역 MOB들
을 마구 귀여워해주고 만족하자 우리는 바다에 숨겨진 [해
적왕의 비보]를 찾으러 출발했다.

●

"뤼이, 자쿠로, 바다에는 데리고 갈 수가 없어서 미안해.
──《송환》."

레티아의 수룡인 우즈키 등에 타서 [해적왕의 비보]가 숨
겨진 곳으로 이동하게 되었지만, 내 사역 MOB인 뤼이와 자
쿠로까지 태울 여유가 없었기에 소환석으로 되돌렸다.

"아, 모처럼 생긴 푹신푹신 요원이……."

이제 막 레티아 일행과 외딴섬 근처 바다에 숨겨진 [해적
왕의 비보]를 찾으러 나서려던 참에 벨이 슬픈 듯한 목소리
로 외쳤다.

그리고 낙담한 벨은 수룡인 우즈키의 목에 달라붙어서 볼을 비벼대고 있었다.

"그럼 가죠. 우즈키, 부탁해요."

『큐오오오오오옹!』

우리를 등에 태운 우즈키가 날카로운 울음소리를 내며 바다로 나아갔다.

"루트는 외딴섬 서쪽에서 반시계방향으로 섬 가장자리를 나아가는 거면 되겠지?"

"네. 확인해보니 육지보다 바다 쪽에서 들어가는 게 편한 보물도 있었어요."

우리를 태운 우즈키는 레티아의 지시에 따라 첫 번째 목적지를 향해 나아갔다.

"제일 먼저 도전할 [해적왕의 비보]는 어떻게 하면 클리어할 수 있는 거야?"

"음, 94번 비보구나. 시련의 내용은 바닷속에 가라앉은 받침대와 사슬이 달린 철구가 있는데, 그 철구를 받침대로 이동시키면 되는 것 같아."

"그럼 바로 내가 나설 차례구나."

내가 햇볕 대책으로 걸치고 있던 파카를 벗어서 인벤토리에 넣자 벨도 의욕을 보이며 일어섰다.

"냐냐! 나도 [수영] 센스를 취득했으니까 윤 씨에게는 안 져!"

"그럼 두 사람에게 맡기도록 할까?"

에밀리 양과 레티아가 의욕을 보이는 나와 벨을 훈훈하게 바라보았다.

그리고 나는 수중 활동 준비를 하며 벨에게 포션을 건넸다.

"그러면 벨은 물에 들어가기 전에 이걸 마시는 게 좋을 거야."

"윤 씨. 그게 뭐죠?"

"수중 호흡 포션이야. 이걸 마시면 물속에서 활동할 수 있는 시간이 늘어나서 작업을 편하게 할 수 있을 거야."

"고맙게 쓰도록 할게."

[해적왕의 비보]가 숨겨진 곳에 도착했는지 우즈키가 멈췄다.

나와 벨은 [브리징 포션]을 단숨에 마신 다음 우즈키의 등에서 바다로 뛰어들었다.

바닷속을 향해 똑바로 헤엄쳐가자 수심 5미터 모래 위에 까만 돌로 만들어진 받침대 같은 게 있었다.

벨이 먼저 받침대로 다가가자 그 받침대를 지키려는 듯이 헤엄쳐 다니던 물고기형 MOB들이 벨을 향해 공격해 왔다.

벨은 빠루를 꺼내 물속에서 휘두르며 물고기형 MOB들을 두들기기 시작했다.

물속에서는 물의 저항 때문에 타격 공격이 약해지는 건지 한 머리를 쓰러뜨리는데도 여러 번 공격할 필요가 있었다.

한편, 나는 인벤토리에서 해체식칼 창무를 꺼내 옆쪽을 스쳐 지나가는 물고기형 MOB을 베어 나갔다.

(──벨, 그런 방법으로는 안 돼. 베는 공격으로 바꿔.)

내가 몸짓으로 전달하자 알겠다며 고개를 끄덕인 벨은 타격 무기인 빠루를 넣고 양손에 나이프를 쥐었다.

그런 다음에는 나보다 빠르게 적 MOB을 처리하고 바닷속 받침대가 있는 곳에 도착했다.

(윤 씨는, 찾아봐. 나는, 받침대를 지킬게.)

(알겠어.)

간단한 몸짓으로 이야기를 나눈 다음, 나는 하얀 모래 위를 둘러보았다.

사슬로 이어진 철구가 있다고 하던데, 모래에 파묻혀서 쉽게 보이지 않았다.

하지만 [간파] 센스로 모래에 가려진 사슬 위치를 찾아낼 수 있었다.

(여기다!)

내가 모래 속에서 사슬을 들어 올리자 이어진 사슬이 모래 속에서 모습을 드러냈다.

그리고 그 끄트머리에 있을 철구를 잡아당기자 묵직한 손맛과 함께 모래 속에서 철구가 끌려 나왔다.

(적은 다 처리했어. 윤 씨를 도울게.)

(고마워.)

주위에 있던 적 MOB들을 혼자서 모두 쓰러뜨린 벨이 도와주러 왔다.

나와 벨이 철구가 있는 곳까지 헤엄쳐 간 후, 둘이서 철구를 들어 올려 받침대까지 옮기자 묵직한 소리를 내며 받침대가 솟구쳤고 그 아래 공간에 보물상자가 있었다.

나와 벨은 보물상자의 양쪽에 달린 손잡이를 잡고 레티아 일행이 기다리고 있는 수면 위로 올라갔다.

"푸핫! 보물상자를 회수했어!"

"윤 군, 벨, 고생했어!"

에밀리 양과 레티아가 나와 벨이 회수한 보물상자를 끌어 올려주었다.

그리고 나와 벨은 우즈키의 등으로 기어 올라가 호흡을 가다듬었다.

"고생 많으셨어요. 어떻던가요?"

"수중 호흡 포션이 없었다면 숨을 돌리러 한 번 돌아왔을 거야. 고마워, 윤 씨."

"아니, 벨이 적을 잡아두었고, 철구를 옮기는 것도 도와 줬잖아. 덕분에 살았어."

나와 벨은 서로 격려해주며 미소를 주고받았다.

그리고 첫 번째 보물상자를 회수해서 다음 장소로 향하자 외딴섬에서 조금 떨어져 있는 작은 섬에 도착했다.

작은 섬이라고 해도 발목 깊이까지 바다에 잠겨 있어서 다 가가보지 않으면 절대로 섬이라는 걸 알 수 없는 곳이었다.

"이곳 [해적왕의 비보] 시련은 사격이에요."

"사격?"

"이 위에 해당되는 보물 지도를 들고 서면 표적 열 개가 나타나는데, 그걸 제한시간 이내에 파괴하면 달성되는 것 같아요."

레티아가 그렇게 말하고 우즈키 등 위에서 작은 섬으로 내려서자 경쾌한 소리와 함께 사격 표적이 나타났다.

작은 섬 주위에 있는 표적은 문어와 오징어, 해파리처럼 생긴 풍선 형태였고, 조준하기 힘들게끔 일렁일렁 움직였다.

"나츠, 부탁할게요."

『치칫!』

밀버드인 나츠가 날아올라 움직이는 표적을 부리로 들이받거나 날개를 퍼덕여서 만들어낸 바람의 칼날로 파괴해나갔다.

나츠가 표적을 전부 파괴하자 팡파레 같은 소리가 울려퍼졌고, 근처 수면 위로 보물상자가 떠올랐다.

"이런 느낌이군요. 좀 전에 바닷속에서 했던 공 넣기보다 간단한데, 도전해보실래요?"

나와 에밀리 양은 서로 얼굴을 바라보았다.

마침 이곳 보물 지도를 가지고 있었기에 우리 둘 다 사격에 도전할 수 있었다.

"그럼 내가 먼저 해볼게."

"에밀리 양! 힘내!"

"목표는 최단기록!"

레티아와 교대하며 작은 섬에 내려서는 에밀리 양을 보며 나와 벨이 응원했다.

그리고 에밀리 양이 내려선 것과 동시에 표적 열 개가 나타나고 사격이 시작되었다.

"하앗!"

에밀리 양은 무기인 연접검을 채찍처럼 휘둘러 표적을 노리려 했지만 조준이 약간 빗나가 옆으로 지나쳤다.

"앗, 아깝다! 다음 거 노려! 아직 시간은 있어."

"그렇구나. 바닥이 젖었고, 파도 때문에 발치가 불안정하니까 보기보다 어려워."

그녀는 그렇게 말하고 연접검을 되돌려 다시 휘둘렀다.

이번에는 가로로 휘둘러서 칼날이 넓은 범위에 뻗어 나가 표적 두 개를 파괴했다.

그렇게 에밀리 양은 익숙해지자 표적 여덟 개를 파괴했지만, 나머지 표적 두 개는 연접검의 사정거리보다 조금 먼 곳으로 이동해 있었다.

"어쩔 수 없지. ——[소환]!"

살짝 한숨을 쉰 에밀리 양은 합성 MOB을 불러내는 핵석을 바다에 던져서 물고기형 합성 MOB을 불러냈다.

수면 위로 고개를 내민 물고기형 MOB이 입을 오므리고 세차게 물을 토해내 나머지 표적을 파괴했다.

"에밀리 양, 대단해!"

"그래, 다음은 윤 군 차례야."

"그럼 다녀올게."

나는 장궁을 들고 우즈키의 등에서 작은 섬으로 뛰어내린 다음 발목까지 잠기는 바닷물과 옆에서 밀려오는 파도의 힘 때문에 발치가 불안정하다는 것을 느꼈다.

작은 섬에 내려선 것과 동시에 사격 표적이 나타났고, [해적왕의 비보] 시련이 시작되자 나는 장궁에 화살을 메겼다.

"후우——."

나는 살짝 숨을 내쉰 것과 동시에 재빠르게 화살을 날렸다.

미끄러지기 쉬운 발치를 신경 쓰면서 재빠르게 방향을 전환해서 이리저리 퍼진 표적을 전부 일격에 꿰뚫었다.

그리고 모두 파괴한 것과 동시에 팡파레가 울리며 보물상자가 나타났기에 그것을 회수했다.

"윤 씨, 멋져요."

"대단하네! 노 미스 클리어라니, 대단해!"

"저기, 그런가……, 아니, 으앗?!"

레티아와 벨에게 칭찬받고 조금 쑥스러워하고 있다가 방심한 나머지 약간 강한 파도에 휘청거리다 엉덩방아를 찧었다.

"정말……, 마지막에 꼴사나운 모습을 보였네."

내가 혼자서 중얼거리자 벨이 걱정하며 내려와 손을 내밀어주었다.

"윤 씨, 괜찮아?"

"벨, 고마워. 괜찮아."

나는 벨의 손을 잡고 일어서서 함께 우즈키의 등 위로 돌아갔다.

"그럼 다음 장소로 가죠. 팍팍 가야 끝낼 수 있으니까요."

『큐오오오오오오옹!』

나와 벨이 우즈키의 등 위로 돌아가자 우즈키가 천천히 작은 섬을 떠나 다음 [해적왕의 비보]가 있는 곳으로 향했다.

그 이후로도 레티아 일행과 함께 바닷가에 있는 [해적왕의 비보]가 숨겨져 있는 곳으로 가서——.

보스 MOB이 나타나서 모두 함께 협력하여 쓰러뜨리거나——.

비보가 숨겨진 곳에 도착하니 수면 위로 물로 만들어진 아치가 주위에 나타나서 우즈키를 탄 채로 물로 만들어진 아치를 통과하거나——.

외딴섬 남쪽의 암벽 균열에 뚫린 동굴을 넷이서 들어가서 수수께끼를 풀거나——.

그렇게 [해적왕의 비보]를 손에 넣는 한편, 진행 루트 중간에 있던 꽝 보물상자도 바닷속에서 회수했다.

꽝 보물상자 안에 들어 있던 환금용 아이템이나 생산 소재 등을 손에 넣은 나와 에밀리 양은 신이 난 표정을 지으며 바닷가의 보물찾기를 즐겼다.

"허억허억, 피곤하다아~."

"동물들을 잔뜩 만졌지만, 이제 됐다냐~."

"윤 군, 벨, 고생했어."

우즈키 등 위에서 나란히 드러누운 나와 벨을 보고 에밀리 양이 인벤토리에서 꺼낸 차가운 음료수를 건네주었다.

방금 치른 비보의 시련은 보물상자를 끌어안고 있는 듀공 같은 MOB이 수면 위로 나타나고, 그 듀공을 쫓아가서 잡는 내용이었다.

애교 있는 생김새와 둥글둥글 부드러워 보이는 몸을 만질 수 있다고 생각한 벨이 의욕을 보였기에 지도를 가진 레티아 대신 시련을 치르기로 했다.

나도 보아하니 간단히 끝날 거라 생각해서 도전했지만, 결과적으로는 예상했던 것보다 더 고전했다.

근처 바닷속에는 침몰선 잔해가 있었고, 그곳으로 도망친 듀공은 지리를 이용해 우리를 계속 휘둘러댔다.

침몰선의 입체적인 구조를 이용해서 도망쳤고, 나와 벨이 숨을 쉴 수가 없어서 여러 번 수면 위로 올라오는 걸 반복해야만 했다.

나와 벨은 계속 수중 술래잡기를 반복하다가 협력해서 듀공을 몰아붙인 다음, 겨우 잡아서 [해적왕의 비보]를 받았다.

듀공과 수중 술래잡기 시련을 마친 나와 벨은 [해적왕의 비보]를 손에 넣은 기쁨도, 듀공을 만진 감촉 같은 것도 떠오르지 않을 정도로 지쳤다.

다른 [해적왕의 비보] 시련 중에는 모래사장에서 폭주하는 거대 게로부터 보물상자를 뺏는 내용이 있었지만, 그것과는 다른 어려움이 있었던 것 같다.

"허억, 허억, 다음은 좀 더 편한 시련이면 좋겠는데."

"유, 윤 씨 의견에 찬성이야. 조금, 쉬자, 후냐아앙~."

너무 지친 나와 벨은 천천히 나아가는 우즈키의 등 위에서 쉬고 있었다.

한동안 에밀리 양과 레티아에게 다른 보물찾기를 맡겨두고 있자니 어느새 외딴섬의 동쪽까지 와 있었던 모양이다.

"다음은 좀 더 멀리 나가려고 하는데, 괜찮으실까요?"

"괜찮긴 한데, 다음에 갈 곳은 어떤 곳이야?"

나는 먼바다 쪽 보물 지도를 가지고 있지 않았기에 물어보자 레티아는 보물 지도를 들어 올렸다.

"28번 지도예요. 꽤 멀리 떨어진 바다에 있으니까 가시죠."

"그럼 꽤 어렵지 않을까?"

에밀리 양이 그렇게 중얼거리는 와중에 레티아가 조용히 고개를 끄덕였다.

"그럴 거예요. 왜냐하면――."

그녀가 그렇게 말하며 고개를 끄덕이자 우리 머리 위에 갑자기 검은 먹구름이 피어올랐고, 비가 내리기 시작했다.

그리고 우리 앞쪽에는 소용돌이가 휘몰아치고 있었다.

"――아무래도 지도의 목적지는 저 소용돌이 너머인 것 같거든요."

"잠깐! 저 안으로 뛰어들자고?! 안 돼, 안 돼! 그건 아니지!"

내가 반사적으로 거부하자 벨이 어깨에 손을 얹고 미적지근한 표정을 짓고 있었다.

"윤 씨, 같이 포기하자."

벨도 레티아와 함께 외딴섬 근처 바다에 있는 [해적왕의 비보]에 대해 이것저것 알아본 모양이었다.

벨에게서 포기한 듯한 분위기가 풍겼다.

"28번 지도는 아직 클리어하지 못한 해적왕의 비보예요. 도전한 사람의 이야기에 따르면 바닷속에 무언가가 있는 것 같아요. 하지만 그 직전에 소용돌이에 휩쓸려서 그 충격 때문에 죽어서 돌아갔다고 하네요."

"아니, 아니, 그냥 소용돌이를 피하는 듯이 비스듬하게 들어가면 안 되나?!"

내가 저항하던 동안 우즈키는 소용돌이와 거리를 유지하면서 돌입할 타이밍을 재고 있었다.

"소용돌이 주위 바닷속에는 적 MOB이 많이 있으니까 소용돌이를 돌파하는 게 그나마 가능성이 클 거예요."

"거짓말이지……?"

"정말이에요. 소용돌이의 충격을 견뎌내고 밑바닥까지 잠수한다. 이게 이 [해적왕의 비보]를 손에 넣는 방법일 것 같아요. 정말 못하시겠다면 돌아가서 윤 씨만 동쪽 해안에 내려드리고 다시 도전할게요."

레티아가 그렇게 말하자 나는 각오를 다졌다.

"으……, 알았어. 나도 같이 갈게. 하지만 최대한 준비를 하자."

나는 그렇게 말하고 레티아 일행에게 가지고 있던 아이템을 차례차례 건네기 시작했다.

●

"《존 인챈트》── 디펜스. 그리고 이 강화 환약하고 포션을 마셔."

인챈트와 강화 환약으로 DEF 스테이터스를 강화하고, 물속에서 오랫동안 숨을 참을 수 있게끔 [브리징 포션]을 마시고, 어두운 물속에서도 주위를 볼 수 있게끔 [나이트비전 크림]을 눈가에 발랐다.

그리고 마지막으로 어떤 포션을 모두에게 건넸다.

"이것도 미리 마셔둬. 물속에서는 회복 아이템이나 회복 마법을 쓸 수가 없으니까."

"윤 씨, 이건 뭐야?"

"──[리제네 포션]. 초당 최대 HP의 2퍼센트를 10분 동안 회복시켜주고, HP 최대치를 10퍼센트 올려주는 효과가 있어."

"HP 최대치를 올려주는 것도 대단한데, 회복량도 정말 높구나."

에밀리 양이 내게 받은 [리제네 포션]을 마신 다음 포션병을 빤히 바라보았다.

리제네 포션 [소모품]

[재생] HP+2% / 600초 [HP 상승] +10% / 300초

[리제네 포션]이라 불리는 포션 종류는 OSO에 예전부터 존재했다.

[재생] 효과는 일반적인 포션이나 소생약 등에 덤으로 따라붙거나 요리 아이템을 먹어서 얻을 수 있었다.

　하지만 이번에 나눠준 [리제네 포션]은 [재생] 효과에 특화된 포션이다.

　[숲의 혈명주]를 기반으로 신체 계열 스테이터스를 강화해주는 [세피라의 과실]을 절여서 성분이 배어 나온 다음에 가열 처리하고 성분 농축기로 다섯 배로 농축시켜 완성한 것이다.

　원래는 수중에서 회복 수단이 별로 없는 시치후쿠네 길드를 위해 연구하던 포션이었다.

　수중에서 회복 수단은 미리 자동 회복 효과를 부여하는 《리제네레이션》 같은 회복 마법을 걸거나, [자동 회복] 효과가 달린 액세서리를 장비하는 것 등이 있다.

　그렇게 회복 수단이 제한되는 와중에 조금이라도 성능이 좋은 회복 수단 중 하나로 이번에 쓴 것처럼 고성능 [리제네 포션]을 만들게 되었다.

　"주스 같아서 맛있네요. 윤 씨, 하나 더 주세요."

　"이건 한 번에 한 병씩만 먹는 거야! 알콜을 날렸지만 원본이 술이고, 포션이니까 많이 먹어봤자 효과는 없어."

　"그래도 대단해. HP 최대치가 늘어나서 점점 HP가 회복되고 있어."

　그렇게 말한 벨은 추가된 HP 최대치 10퍼센트가 회복되는 모습을 바라보며 즐거워 보였다.

만약에 HP가 대폭 깎인다고 하더라도 올라간 수치까지 합쳐서 HP의 110퍼센트가 1분 정도면 완전히 회복된다.

뭐, HP 회복을 뛰어넘는 일격이나 즉사기, 독 같은 상태이상 회복의 상쇄, 강화 효과 제거, 회복 방해 같은 공격도 있긴 하다.

그리고 상대방의 HP가 전부 회복될 때까지 적이 기다려 줄 리가 없으니 생각보다 강력한 아이템은 아니다.

"라기, 부탁해요. 윤 씨는 다른 거 또 없나요?"

"아니, 일단 소용돌이에 돌입할 준비는 이 정도인 것 같아."

인챈트나 강화 환약으로 방어 계열 스테이터스를 강화하고, 각종 아이템으로 [암시], [수중 호흡], [재생] 효과를 부여한 상태인 우리는 소용돌이에 뿔뿔이 흩어지지 않게끔 라나 버그인 키사라기가 토해낸 두꺼운 실로 수룡 우즈키의 몸에 우리 몸을 고정시켰다.

"나츠, 라기, 지금부터 돌입할 테니 돌아오세요. ——《송환》."

마지막 준비를 마친 레티아는 나츠와 키사라기를 소환석으로 되돌리고 소용돌이를 바라보았다.

"우즈키! 소용돌이 바닥으로 가요!"

『큐오오오오오옹!』

우즈키는 크게 울음소리를 내고 단숨에 소용돌이 중심까지 헤엄쳐간 다음, 잠수하기 시작했다.

(크윽, 괴롭다…….)

위아래 방향감각이 일그러질 것 같을 정도로 거센 소용돌이에 휩쓸리며 우즈키를 붙잡고 바닷속으로 나아갔다.

라기가 쳐준 실로 몸을 고정하지 않았다면 우리는 소용돌이 속에서 뿔뿔이 흩어졌을 것이다.

모두가 이를 악물고 버티는 와중에도 [재생] 효과로 인해 소용돌이의 지속 대미지를 입으면서도 HP 감소는 심하지 않았다.

그리고 오랫동안 버틴 것 같았지만 실제로는 1분 정도만에 소용돌이를 지나 밑바닥 근처에 도착했고, 소용돌이에서 빠져나왔다.

(여기가 해저구나.)

수면은 피어오른 먹구름과 거센 비 때문에 어두웠지만, 해저는 빛을 뿜어내는 해파리나 오징어 같은 연체동물들이 하얀 모래를 비추고 있어서 생각했던 것보다 밝았다.

그리고 우리는 하얀 모래 위에 규칙적으로 늘어서 있는 돌 같은 걸 발견했다.

레티아가 우즈키를 붙잡고 지시를 내리자 바닷속에 가라앉은 돌 같은 것 쪽으로 천천히 다가갔다.

나와 벨이 몸을 고정시키고 있던 실을 풀고 바닷속에 가라앉은 돌을 확인해보자 게가 모여 있었기에 그것을 잡아보았다.

보아하니 식용 아이템으로 확보할 수 있을 것 같았기에 그 사실을 눈치챈 벨은 곧바로 규칙적으로 늘어서 있던 돌 주위에 모여든 생물들을 회수해 나갔다.

한편 나는 [간파] 센스가 반응을 보이는 바닷속 모래를 헤쳐보았고, 돌과 질감이 비슷하고 길쭉하게 굽은 소재를 주워들었다.

그것을 인벤토리에 회수하여 하얀 돌의 정체를 확인했다.

대해 백경의 뼈 [소재]
바다의 대해수 [대해 백경]의 뼈. 바다를 자유롭게 헤엄치고, 온갖 생물들을 단숨에 삼키던 거대한 고래는 죽은 뒤에 바닷속으로 가라앉아 몸을 사당으로 만들어 생물들을 키운다.

이렇게 규칙적으로 놓여 있던 돌이 거대한 고래의 뼈라는 사실을 알게 된 나는 바닷속에 늘어서 있던 뼈 쪽에서 거리를 두고 그 크기를 확인했다.

하지만 빛을 뿜어내는 생물과 [하늘의 눈]의 암시 성능으로도 뼈가 늘어서 있는 너머를 내다볼 수 없어서 그 크기를 완전히 파악할 수 없었다.

우리는 [수중 호흡] 포션을 마셨지만, 슬슬 숨을 참을 수가 없게 되었다.

서서히 답답해지는 느낌이 드는 와중에 에밀리 양과 레티아가 무언가를 발견했다.

거대 고래 머리뼈 근처에 해저 유적 같은 것을 발견한 에밀리 양과 레티아가 우즈키에서 내려왔고, 나와 벨이 각각 손을 잡고 유적 안으로 유도했다.

해저 유적의 입구에는 바닷물의 침입을 막으려는 듯이 공기의 벽이 있었고, 그 벽을 지나 내부로 들어가자 공기가 가득 차 있어서 숨을 돌릴 수 있었다.

"허억허억, 여기는……, 유적인가?"

"그래. 지쳤어."

나와 에밀리 양은 입구 근처에서 비틀비틀 주저앉아 주위를 둘러보았다.

한편, 레티아는 벨이 좀 전에 모으던 게를 보고 지친 것도 잊을 정도로 눈을 반짝이고 있었다.

"이 대량의 갑각류야말로 분명히 보물이 틀림없을 거예요."

레티아가 한 말이 진담인 것 같기도 하고 농담인 것 같기도 해서 모두 함께 쓴웃음을 지었다.

"그건 그렇고 바닷속에 이런 유적이 있는 걸 보니 보물은 안쪽에 있겠지."

왠지 작년 캠프 이벤트의 호수 유적이나 외딴섬에 있던 [해적왕의 비보]의 수수께끼 유적이 생각났다.

"퀘스트나 건물 제작자가 같은 사람인가……. 예전에도 비슷한 유적이 있었던 게 생각나는데."

내가 해저 유적의 분위기를 망치지 않을까 생각하며 중얼거리자 에밀리 양이 쓴웃음을 지으면서 대답해주었다.

"그런 거는 버릇 같은 게 나오는 법이니까, 윤 군 말대로 제작자가 같은 사람일지도 모르겠네. 그럼 가볼까?"

이 파티의 중심인 레티아가 갑각류에 대한 흥분을 가라앉히자 유적 안쪽으로 나아가기 시작했다.

하지만 유적이라고 해도 그렇게 넓진 않아서 입구와 안쪽 방, 두 군데뿐이었다.

그리고 안쪽 방에는 정면 벽에 벽화가 그려져 있었고, 방의 받침대에는 보물상자가 놓여 있었다.

"벽화인가요? 예쁜 그림이네요."

"나도 스크린샷으로 남겨둬야겠어."

나와 레티아 일행은 스크린샷으로 벽화를 찍었다.

벽화에는 크고 작은 흰고래 두 마리가 느긋하게 헤엄치고 있었고, 그 근처에 작은 배가 그려져 있었다.

"이게 아까 본 고래인가?"

"윤 군, 무슨 소리야?"

내가 중얼거리자 에밀리 양이 물어보았기에 좀 전에 모래 속에서 파낸 뼈를 꺼냈다.

에밀리 양이 진지한 표정으로 물어보려는 낌새를 보였기에 내가 꺼낸 소재와 설명 문구에 관해 이야기했다.

"그렇구나. 늘어 놓여진 돌은 거대한 고래의 무덤이고, 이곳은 그 사실을 전하기 위한 유적인 거야."

"아마 그렇지 않을까?"

하지만 어디까지나 상상이기에 자신이 별로 없었다.

"우선 소재로 써먹을 수 있을지도 모르니까 고래 뼈를 좀 더 회수하고 싶은데."

"그럼 내가 가지고 올게. 열 개 정도 모으면 되려나?"

"나도 게를 좀 더 잡으러 갈래."

그럼 부탁할게, 에밀리 양이 그렇게 말하고 웃으며 나와 벨을 배웅해 주었다.

나는 [하늘의 눈]과 [간파] 센스에 의존해서 모래를 파헤쳐 대해 백경의 뼈를 발견했다.

벨은 뼈에 모여든 갑각류 말고도 뼈에 달라 붙어 있던 조개 덩어리를 빠루로 통째로 뜯어내서 모았다.

"다녀왔어——, 왜 그래? 아직 보물상자를 안 열었네?"

나와 벨이 소재 등을 회수해서 해저 유적으로 돌아오자 에밀리 양과 레티아가 보물상자를 열지 않고 기다리고 있었다.

"아뇨, 어떻게 해야 하나 싶어서요."

"어? 무슨 문제라도 있어?"

내가 고개를 갸웃거리며 묻자 에밀리 양이 벽화에 대해 이것저것 고찰하던 모양이었다.

"이 벽화를 보면 고래가 두 마리 있잖아. 큰 쪽 고래가 유적 바깥에 가라앉은 고래의 뼈라면 다른 한 마리는 어디에 있나 해서."

"혹시 이 보물상자를 열면 그 작은 고래가 나타난다거나."

나와 벨은 이해하고 목소리를 냈다.

혹시나 [해적왕의 비보]를 손에 넣으면 그 조건으로 인해 보스와 전투를 벌이게 될지도 모르겠다고 생각한 모양이었다.

나와 벨이 유적 바깥에서 소재를 회수하고 있었기 때문에 보스전에 돌입할 가능성이 있는 보물상자를 열지 않고 기다린 것 같았다.

"보물상자를 포기한다는 선택지는 없으니까 전투 준비를 하고 난 다음에 열까 했죠."

"아니, 레티는 여기에서 무사히 지상으로 돌아갈 수 있을 것 같아?"

벨이 지적하자 나와 에밀리 양, 레티아가 입을 다물고 해저 유적의 입구 너머로 보이는 소용돌이를 바라보았다.

소용돌이는 밑바닥 방향으로 빨아들이는 듯이 회전하고 있었고, 소용돌이를 피해서 수면 위로 올라가면 많은 수중 MOB이 덤벼들게 된다.

소용돌이 안으로 파고들어서 밑바닥으로 내려올 때보다 수면 위로 올라가는 게 더 힘들 것 같았다.

"뭐……, 로그아웃 한 다음에 다시 로그인하면 되니까."

에밀리 양이 그렇게 제안하자 최악의 경우에는 그 방법을 쓰자고 결심했다.

"우선 갈 수 있는 곳까지 가보죠. 그럼 보물상자를 열게요."

레티아는 28번 [해적왕의 보물 지도]를 들고 보물상자를 열었다.

보물상자 안에는 뼈 같은 재질로 만들어진 하얀 피리가 들어있었고, 레티아가 그것을 집어 들었다.

우리는 전투가 시작될 가능성에 대비해서 주위를 경계했지만, 아무 일도 일어나지 않았다.

"이걸로 끝이네요. 일단 이걸 봐주세요."

해수의 숨통 [도구]

해수들을 무작위로 불러낼 수 있으며 [바다 에리어] 한정으로 협력하게 만들 수 있다.

『이 몸의 28번째 비보다. 이 몸의 대항해 때 만난 재미있는 친구의 목소리을 흉내 낸 피리지. 이 녀석을 바다 쪽으로 불면 친구와 즐겁게 지내던 기억이 떠오른다. 이건 그 친구의 무덤에 넣어두어야겠다.』

레티아가 보여준 [해적왕의 비보] 스테이터스와 설명 문구를 보니 해적왕과 바닷속으로 가라앉은 거대 고래가 친구였다는 사실을 알 수 있었다.

"그렇구나, 그래서 고래와 배가 같이 그려져 있었던 거였어."

"왠지 이렇게 훈훈한 설정이 있으니 좋은데."

즐겁기도 하고 쓸쓸하기도 한 고래의 사당 이야기를 생각하며 나와 에밀리 양이 다시 벽화를 바라보니 또 다른 느낌이 들었다.

"저기, 레티! 모처럼 얻었으니까 불어봐!"

"알겠습니다. 그럼 갈게요."

스읍, 숨을 들이마시고 피리에 입을 가져다 댄 다음 숨을 불어넣자, 코코~, 차분해지는 음색이 울렸다.

"왠지 이 소리 좋은데. 치유되는 것 같아."

"그래. 느긋한 물소리와 함께 듣고 싶어져."

"냐아~, 좋은 소리야~."

나와 에밀리 양, 벨이 레티아가 부는 피리 소리에 치유되고 있자니 으드득, 기분 나쁜 소리가 주위에 울려 퍼져 레티아의 피리 소리가 멎었다.

　"앗, 왠지 바다가 조용해졌어. 설마……."

　해저 유적의 입구 너머로 보이던 소용돌이가 사라졌고, 유적 내부에 금이 가며 물이 새어 들어오기 시작했다.

　"보물상자를 여는 게 아니라 피리를 부는 게 조건이었던 걸까요?"

　"아니, 그렇게 느긋한 말을 하고 있을 때가——."

　내가 소리친 직후, 해저 유적이 붕괴하고 단숨에 바닷물이 흘러들어와 우리도 떠내려갔다.

　아직 [수중 호흡] 포션 효과가 남아 있지만, 에밀리 양과 레티아에게는 [수영] 센스가 없어서 바닷물의 흐름에 거역할 수가 없었다.

　내가 레티아를, 벨이 에밀리 양을 잡고 주위를 둘러보았다.

　(소용돌이가 사라졌으니 우즈키를 잡고 올라갈 수 있어!)

　내가 수룡인 우즈키를 찾기 위해 주위를 둘러보자 천천히 몸이 떠오르는 게 느껴졌다.

　(뭐, 뭐지?!)

　소용돌이가 휘몰아치던 지점 쪽으로 빨려 들어가는 듯이 흘러갔고, 수면을 향해 자잘한 거품이 세차게 솟구치는 게 보였다.

　(바닷물이 위로 뿜어져 나가고 있는 건가?!)

우리는 그 바닷물의 흐름에 떠밀려 수면 위로 세차게 떠올랐다.

그 기세로 인해 잡고 있던 레티아의 손을 놓쳐버렸고, 점점 수면이 다가왔다.

그리고──.

"으앗……."

세차게 뿜어져 나온 바닷물로 인해 우리는 수면으로부터 수십 미터 이상 높이로 떠올랐다.

공중으로 떠오른 우리가 주위를 둘러보니 소용돌이 주위에 퍼져 있던 어두운 먹구름과 비가 사라지고 멀리 수평선까지 보이는 화창한 날씨가 펼쳐졌다.

"──예쁘다."

우리가 하늘 위에서 바다의 경치를 바라보며 넋이 나가 있자니 갑자기 상승하던 기세가 멈추고 낙하하기 시작했다.

""──꺄아아아아아아아아아악!""

떠오른 공중에서 서서히 가속하는 낙하의 기세로 인해 비명이 들렸다.

"──《존 키네시스》!"

나는 레티아 일행을 보고 염동 스킬을 사용해 수면에 충돌하는 충격을 억누르려했다.

하지만 잠깐씩 쓰는 염동 스킬로는 낙하 속도의 기세를 상쇄하지 못하고 수면이 코앞까지 다가왔다.

나는 이제 틀렸다고 생각하며 눈을 꽉 감았다.

하지만 우리를 아래쪽에서 부드럽게 받아낸 것이 있었다.

"……아프지, 않아."

생각했던 것과는 달리 수면에 충돌하지 않았다는 사실을 눈치채고 조심조심 눈을 떠보니 아래에서 뿜어져 나온 바닷물이 우리를 부드럽게 받아내고 있었다.

그리고 천천히 바닷물이 뿜어져 나오는 기세가 약해져서 수면으로 다가가자 바닷물을 밀어내고 거대한 생물이 떠올랐다.

"이건, 새하얀 고래인가요?"

뿜어낸 바닷물 기둥──, 초특급 MOB인 대해 백경이 뿜어낸 바닷물인 것 같았다.

우리는 천천히 약해지는 바닷물 기둥에서 고래 등 위로 내려왔다.

"설마 다른 고래 한 마리가 이런 형태로 나타날 줄은 몰랐어."

에밀리 양이 피곤하다는 듯이 그렇게 말했고, 하늘을 올려다보니 먹구름이 개고 고래가 뿜어낸 물이 안개비처럼 쏟아져 내려 하늘에 무지개가 걸렸다.

『쿠오오오오오오옹.』

『큐오오오오오오옹!』

우리를 태우고 있던 대해 백경이 기분 좋게 들리는 울음소리를 내자 뒤늦게 수면 위로 나타난 수룡 우즈키가 목을 뻗어 고래 등 위에 타고 있던 우리에게 울음소리를 냈다.

"앗, 우즈키예요. 우리는 무사해요~!"

그렇게 말하며 손을 흔드는 레티아 옆에서는 벨이 대해 백경 등에 엎드려서 고래의 몸을 잔뜩 즐기고 있었다.

"아, 거대 고래의 등에 타서 이동하다니, 어렸을 때의 꿈이 하나 이루어졌어~."

"정말로 행복해 보이네."

그런 레티아와 벨의 모습을 나와 에밀리 양이 훈훈하게 바라보았다.

그리고 대해 백경 주위에는 범고래와 돌고래처럼 등에 탈 수 있는 수중 MOB들이 차례차례 나타나서 우리를 태우고 가는 대해 백경과 나란히 헤엄치고 있었다.

"이 아이들이 [해수의 숨통]으로 불러낼 수 있는 아이들일까요?"

"그럴지도 모르지. 무작위라고 했으니까 다양한 녀석들이 있을지도 몰라."

우리는 한동안 거대 고래의 등에 탄 채 외딴섬 주위 유람을 즐겼다.

레티아가 고래 울음소리에 맞춰서 피리를 불면 고래가 대답했고, 기분 좋은 고래와의 합주에 우리는 마음이 편안해졌다.

때때로 고래가 물을 높게 뿜어 올려서 외딴섬에 무지개가 걸친 광경을 스크린샷으로 찍어서 서로 보여주고 웃으며 시간을 보냈다.

2장   유령선과 담력시험

외딴섬 동쪽 앞바다에서 천천히 북쪽으로 돌아가는 듯이 이동한 대해 백경은 서쪽 앞바다로 돌아오자 천천히 가라앉기 시작했다.

"으아앗! 가라앉고 있는데!"

"여기가 종점인가요? 그럼 우즈키로 옮겨타죠."

레티아가 그렇게 말하자 우리는 대해 백경과 나란히 헤엄치던 수룡 우즈키의 등으로 옮겨탔다.

『큐오오오오오옹!』

저녁놀을 향해 돌고래 같은 바다 생물들을 이끌고 가던 거대 고래가 다시 물을 뿜어 올렸고, 울음소리를 낸 후 바닷속으로 몸을 가라앉히기 시작했다.

외딴섬 근처 바다를 돌며 보물을 찾다 보니 예상했던 것보다 더 큰 모험이 되었지만 즐거웠다.

"즐거운 환상풍경이었지."

"배가 고프니 바다의 집으로 돌아가서 게를 먹죠."

고래의 사당에서 남획한 갑각류를 먹고 싶어 하는 레티아를 보고 우리가 쓴웃음을 지었지만, 나도 피곤해서 쉬고 싶었다.

"그래. 마지막으로 모은 보물을 확인하고 배분한 다음에 오늘은 이만 마칠까?"

"보물을 꽤 많이 얻었으니까 환금하면 돈이 늘어나겠어!"

나와 벨이 바닷속에 가라앉은 꽝 보물상자도 열심히 회수했기에 환금하면 돈이 꽤 될 것 같다.

"[소재상]인 나로서는 생산 소재 쪽을 우선적으로 줬으면 하는데."

"나는 보석 계열 소재. 그래도 돈이 어느 정도 들어올 텐데 어디에 쓰지? 또 피오르 씨의 신작 간식을 사러 갈까? 아니면 새로운 보물 지도를 살까?"

"네?! 콤네스티의 신작 간식! 그건 꼭 사야죠!"

나와 에밀리 양이 [해적왕의 비보]가 아닌 꽝 보물상자의 배분과 돈을 쓸 방법에 대해 상상하고 있자니 레티아가 신작 간식이라는 말을 듣고 눈을 반짝였다.

그런 레티아를 보고 우즈키 등에 타고 있던 우리가 다시 웃었다.

"그건 그렇고 마지막에는 결국 보물찾기를 하지 못했네."

거대 고래 등을 타고 있던 우리는 동쪽 앞바다에서 북쪽으로 돌아가 서쪽에서 내리게 되었다.

중간에 있던 보물을 그냥 지나쳤다는 게 생각나서 그 지도 다발을 꺼내 넘겨보았다.

이것들도 나중에 찾으러 가게 되겠지, 그렇게 생각하며 넘기던 지도 중에 이상한 지도가 한 장 있다는 게 생각났다.

"그러고 보니——."

"윤 군, 왜 그래?"

"아니, 내가 가진 지도 중에 하나가 특이한데, 그게 생각나서."

""──이상하다고?""

고개를 갸웃거리고 있는 에밀리 양과 벨에게 내가 이상하다고 말한 지도를 꺼내 보였다.

"이 지도는 보물이 숨겨진 곳을 가리키는 X 표시가 사라졌다가 나타나곤 해."

내가 그 지도를 에밀리 양 일행에게 보여주자 외딴섬 서쪽 앞바다가 그려져 있었다.

지도 번호와 자신의 위치를 나타내는 마커가 있긴 하지만, 재보가 숨겨져 있는 장소 마크가 그려져 있지 않았다.

"아~, 이건 시간 제한식 지도야."

"시간 제한식? 그렇다면 조건이 시간이야?"

"그래. 그런데 이 번호는……."

에밀리 양이 지도를 들여다보자 서쪽 수평선으로 해가 졌고, 지도에 붉은 마커가 드러났다.

마침 우즈키가 지나가는 진로와 가까운 곳에 나타난 마커 쪽으로 다가가자 바다에서 하얀 안개가 피어오르면서 묘한 한기가 느껴졌다.

"뭐, 뭐지?"

"아~, 역시 그거 지도였구나."

"그, 그거라니……."

내가 불안해하면서도 에밀리 양에게 묻자 진한 안개 속에서 크고 까만 그림자가 나타났다.

『오오오오오오오오오오오오오오——.』

"뭐, 뭐지?!"

나는 까만 그림자에서 울리는 낮은 목소리가 들린 방향을 바라보았지만, 안개가 진해서 정체를 알아볼 수가 없었다.

시간 제한식 지도를 보니 해안으로 향하는 우즈키와 보물을 나타내는 X 표시가 조금씩 움직여서 스쳐 지나가는 진로였다.

그리고 까만 그림자가 눈앞까지 다가왔을 때 안개에 가려져 있던 정체가 드러났다.

"썩은, 배?"

배 측면에는 이끼와 해초가 달라붙어서 진한 녹색이었고, 군데군데 따개비와 불가사리 같은 게 달라붙어 있었다.

서서히 시선을 들어보니 세 개 달린 돛대 중 하나가 반쯤 부러져 있었고, 나머지 두 개에는 무참하게 찢어진 돛이 늘어진 채 바람에 나부끼고 있었다.

그런 배를 올려다보고 있던 나는 [간파] 센스로 이쪽을 바라보고 있는 시선을 눈치채고 그 방향을 돌아보았다.

배 가장자리에서 내려다보고 있던 것은 머리에 붉은 머리띠를 두른 채 뼈만 남은 해골이었다.

뻥 뚫린 눈 안에 푸른빛이 보였고, 이를 딱딱 부딪치며 울렸다.

그리고 무엇보다 뻥 뚫린 두개골 안에서 갯강구가 바스락

거리며 나타나 몸 표면을 기어 다니고 있는 모습을 보니 생리적인 혐오감 때문에 소름이 돋았다.

"히이익?!"

비명을 억누르며 반사적으로 뒷걸음치던 나는 우즈키 위에서 바다로 떨어질 뻔했다.

에밀리 양과 레티아가 받쳐줬기 때문에 겨우 버틸 수 있었다.

그리고 정신을 차리고 보니 썩은 유령선 가장자리에는 방금 본 해골 말고도 수많은 유령과 물기를 머금은 좀비형 MOB 등이 우리를 내려다보고 있었다.

우즈키는 그 유령선을 피하려는 듯이 조용히 지나쳤다.

유령선과 스쳐 지나갈 때, 갑판 위에 있던 유령 MOB들이 배 가장자리에서 우리를 내려다보았고, 그동안 나는 유령 MOB에서 눈을 떼지 못하고 새파랗게 질린 채 굳어 있었다.

"……윤 군, 지나갔어."

유령선 옆을 지나서 피어오른 안개를 뚫고 외딴섬 서해안이 코앞까지 다가오자 에밀리 양이 내 어깨를 두드렸다.

"어, 그래, 응. 고마워, 에밀리 양."

"배가 고프네요. 게를 먹고 좀 쉬죠."

내가 떨어지지 않게끔 받쳐준 에밀리 양에게 고맙다는 인사를 하고 유령선과 마주쳤는데도 평소와 똑같은 레티아를 보니 오히려 안심되었다.

"윤 씨, 괜찮아?"

"그, 그래, 괜찮아. 저기, 너무 갑작스러워서 놀란 것뿐이니까⋯⋯."

내가 그렇게 말하며 안심시켰지만, 레티아는 내 손을 감싸는 듯이 잡았다.

"놀라거나 긴장하면 손이 차가워지거든요. 이렇게 하면 마음이 차분해질 거예요."

"레티아, 고마워."

나는 레티아의 배려에 미소를 지으며 어깨에서 힘을 뺄 수 있었다.

"자, 도착했네요. 내리죠."

먼저 에밀리 양과 벨이 우즈키의 등에서 내렸고, 그 뒤를 이어 레티아가 내 손을 잡고 천천히 모래사장으로 내려갔다.

그리고 [OSO 어업조합]이 운영하는 [바다의 집] 2호점으로 들어가자 먼저 물질을 하고 돌아온 시치후쿠가 있었다.

"오, 윤이 왔네. 레티아네하고 같이 온 거여? 오늘 가져온 [코랄 트리]가 있당께⋯⋯, 안색이 못쓰것는디, 왜 그런당가?"

걱정스럽게 나를 들여다보는 시치후쿠를 보고 나는 애써 웃으며 설명했다.

"저기, 돌아오던 도중에 유령선을 만나서, 저기⋯⋯, 놀랐거든⋯⋯."

내가 그렇게 대답하자 시치후쿠는 알아차렸다.

"그렇구만. 그라믄 진정하게끔 핫 코코아를 내달라고 하제. 외딴섬에서 카카오를 따서 만든 코코아를 받았으니께."

"저도 코코아 주세요."

"레티아도 말이제. 알았어야! 핫 코코아, 두 잔!"

시치후쿠가 큰 목소리로 주문을 전하자 [바다의 집]에서 조리를 담당하는 길드 멤버들이 핫 코코아를 내주었다.

그렇게 에밀리 양과 레티아 같은 사람들이 걱정하면서 나를 돌봐주는 게 조금 신선하고 왠지 마음이 편해져서, 나온 핫 코코아를 마시고 숨을 돌렸다.

"왠지 미안하네. 걱정 끼쳐서."

"신경 쓰지 마세요. 누구나 거북한 건 있으니까요."

차분해진 나는 에밀리 양과 함께 오늘 하루 동안 외딴섬 근처 바다에서 찾은 보물들을 배분했다.

"다들 보물 찾으러 댕겨온 거여? 그려, 윤한티 선물로 줄 [코랄 트리]를 가져왔응께 가지고 가라고~."

"와, 고마워. 그럼 사양하지 않고 받을게. 에밀리 양도 필요하지?"

"그래, 조금만 받을게."

시치후쿠는 포션 대금 대신 가져다준 [코랄 트리]를 꺼냈고, 나는 에밀리 양에게도 나누어 주었다.

찾아낸 아이템 배분은 다투지 않고 끝났고, 내가 레티아와 벨 몫 보물을 건네려 하자 레티아와 벨은 게를 꺼내고 있었다.

"자. 이건 레티아하고 벨 몫이야."

"거기 두세요. 시치후쿠 씨, 이 게를 요리해주실 수 있나요?"

"오! 좋은 게인디! 근디 어떻게 요리해야 한당가."

레티아와 벨이 대해 백경 사당에서 잡아 온 게를 꺼내고 시치후쿠와 요리 이야기를 하기 시작했다.

"꽃게탕, 게 회, 꽃게찜, 게 샤브샤브……, 윤. 이 게를 어떻게 요리하믄 좋을 것 같당가?"

게 요리를 몇 가지 생각하다가 더 이상 메뉴가 떠오르지 않았던 시치후쿠가 내게 물어보았다.

"음~. 게라면 그라탕, 게 크림 고로케, 게 계란 소스, 게 살 볶음밥 같은 건 어떨까?"

"전부 맛있을 것 같네요."

"그라믄 그 레시피를 알아보고 우리 조리반헌티 만들라고 할랑께. 근디 만드는데 시간이 걸릴 것 같응께 오늘은 힘들 것어."

"……그런가요?"

실망한 레티아를 벨이 달래며 쿠키를 건넸다.

그렇게 떠들썩하면서도 즐거운 [바다의 집]에 낯익은 플레이어가 찾아왔다.

"시치후쿠 군, 의논할 게 있는데 괜찮을까? ……아니, 윤 군하고 에밀리도 있었구나. 안녕."

시치후쿠에게 볼일이 있어서 [바다의 집]에 온 마기 씨가 우리를 보고 인사를 해주었다.

""마기 씨, 안녕하세요.""

"마기 씨, 어서 오라고. 오늘은 뭔 일이당가?"

우리가 마기 씨에게 인사를 하자 시치후쿠가 마기 씨에게 용건을 물었다.

마기 씨는 원래 용건을 떠올리고 시치후쿠와 이야기를 하기 시작했다.

"사실 필요한 소재가 있어서 시치후쿠 군네 길드에 없나 하고 의논하러 왔어."

"외딴섬 에리어 소재여? 일단 뭔지 말해 보제?"

우리는 마기 씨와 시치후쿠가 하는 이야기에 귀를 기울였다.

"액세서리를 만드는데 [코랄 트리]하고 [엑토플라즈마 클레이], 이 두 가지 소재가 필요한데, 없어?"

"아~, [코랄 트리]는 말이여……, 윤이 부탁하길래 가져온 걸 몽땅 선물로 줘부렀는디. 그라니께 다음에 물질하러 갈 때 또 가져오제."

시치후쿠는 곤란하다는 듯이 뒤통수를 긁고 나를 보면서 마기 씨에게 설명했다.

덩달아 마기 씨도 나를 보았기에 마기 씨에게 제안했다.

"마기 씨, 괜찮으시면 [코랄 트리]를 조금 나눠드릴까요?"

"그래도 될까?! 고마워, 윤 군! 시가보다 조금 비싸게 살게!"

"돈은 됐어요. 그건 그렇고 방금 말씀하셨던 [엑토플라즈마 클레이] 말인데요. 그 소재의 정보를 가르쳐주실 수 있나요?"

평소에 신세를 지고 있는 마기 씨에게 돈을 받기보다는

마기 씨가 말한 새로운 소재에 더 흥미가 있다.

"그런 거로 되겠어? 시간이 좀 더 지나면 윤 군에게도 실물이 들어올 테고, 쓰는 법도 알게 될 텐데?"

"상관없어요. 그리고 에밀리 양도 [소재상]으로서 알고 싶지?"

"그래, 새로운 소재에는 흥미가 있고, 마기 씨가 필요한 소재를 모으는 것도 도울 수 있을 거야."

나와 에밀리 양이 기대하며 말하자 마기 씨는 알겠다고 말한 뒤, 인벤토리에서 노란색 기운이 도는 일그러진 덩어리를 꺼냈다.

"이게 [엑토플라즈마 클레이]의 실물이야."

그렇게 말한 마기 씨는 노란 기운이 도는 덩어리를 두 개로 잘라서 나와 에밀리 양에게 하나씩 건넸다.

"이게 [엑토플라즈마 클레이]구나……, 찰흙 같은데."

노란색 기운이 도는 찰흙을 들고 주물러 보거나 늘려보면서 확인했다.

찰흙이라고 하니 도자기용 찰흙이나 마기 씨의 [기계장치 마도인형]인 루프의 외장에 사용된 미스릴 세라믹보다 가벼운 것 같다고 생각하면서 마기 씨에게 물어보았다.

"마기 씨, 이건 어떤 성질이 있고 어디에 쓸 수 있나요?"

"그건 열을 가하면 공기에 녹아서 사라져."

"그렇다면 액세서리를 만들 때 쓰기 힘든 소재 아닌가요?"

마기 씨가 설명하자 에밀리 양이 그렇게 물었다.

대장장이나 세공 계열 생산직인 마기 씨는 화로 같은 걸 써서 금속 등을 가공하긴 한다.

그런 마기 씨에게 열을 가하면 사라져버리는 소재는 써먹을 곳이 없을 것 같은데, 마기 씨가 그 생각을 부정했다.

"사실 그렇지 않거든. 예를 들어 [엑토플라즈마 클레이]에 금속 분말을 물과 함께 섞으면 금속 찰흙을 만들 수 있어."

"앗, 대단하네요! 지금까지는 만들기 힘들었던 장식 액세서리 같은 걸 만들 수 있겠어요."

"그렇다니까. 형태를 만든 금속 찰흙을 구워내면 [엑토플라즈마 클레이] 부분이 공기에 녹고 나머지 금속 분말들이 녹아서 결합되어 액세서리를 만들 수 있는 거야!"

금속 찰흙이라면 지금까지 만든 액세서리보다 유연하게 형태를 잡을 수 있다.

하지만 구워내면 [엑토플라즈마 클레이]만큼 부피가 줄어들기 때문에 만들 때는 큼직하게 만들 필요가 있는 것 같다.

"호오, 그렇다면 다양한 방면에 써먹을 수 있을 것 같네요. 그런데 이 [엑토플라즈마 클레이]는 어디에서 얻을 수 있나요?"

에밀리 양이 감탄하며 대답한 다음 입수할 수 있는 곳을 마기 씨에게 물어보았다.

"이건 유령선에 있는 고스트 MOB이 드롭하는 아이템이야——"히익?!"——."

나는 [엑토플라즈마 클레이]의 냄새 같은 걸 확인하기 위해 얼굴을 가져다 댔다.

마침 그때 소재의 정체에 대해 듣고 나도 모르게 놓쳐서 테이블 위에 떨어뜨려 버렸다.

"미안해. 놀라게 할 생각은 없었는데, 기분이 안 좋긴 하지."

"아, 아뇨……, 저기, 마기 씨가 잘못한 건 아니에요."

나는 테이블에 떨어뜨린 [엑토플라즈마 클레이]를 주워들었고, 에밀리 양은 입수 방법에 대해 더 자세히 물어보았다.

"유령선이라면 시간 제한식으로 나타나는 유령선 말인가요?"

"그래. 해적왕의 지도에 나와 있는 유령선. 너희도 아니?"

"방금 지나쳐 온 참이에요. 그런데, 저기……."

에밀리 양이 말꼬리를 흐리며 나를 보았고, 그것만으로도 마기 씨가 무슨 일이 있었는지 눈치챘다.

[엑토플라즈마 클레이]를 입수하려면 유령선에 가야 하는구나, 나는 그렇게 생각하며 먼 산을 보았다.

"뭐, 윤 군이 껄끄러워서 모을 수 없는 소재는 나나 에밀리에게 맡기면 돼."

"그래. 윤 군이 신경 쓸 필요는 없어."

"네, 네. 저기……, 아마 힘이 되어드리지 못할 것 같아요. 죄송합니다."

나도 [엑토플라즈마 클레이]의 정체를 알기 전까지는 소재를 모으는 걸 도울 생각이었지만 유령선에 가야 한다니 조금 껄끄러웠다.

혼자서 [엑토플라즈마 클레이]를 모으는 건 힘들다는 생각이 들어서 마음속으로 한숨을 쉬며 그날은 로그아웃했다.

●

에밀리 양 일행과 외딴섬 근처 바다에서 보물을 찾은 다음 며칠이 지난 금요일 밤.

주말이라서 밤 늦게까지 OSO에 로그인해 있는 사람들이 많은 와중에 왠지 모르겠지만 나는 그렇게 싫어하던 유령선 갑판 위에 서 있었다.

"어째서, 이렇게 된 거야──'오오오오오오오오오'──히익?!"

내가 그렇게 중얼거린 것과 동시에 유령선 주위에 펼쳐진 진한 안개에서 고스트 계열 MOB이 모습을 드러냈다.

그 직후, 갑판에 모여든 플레이어들이 곧바로 쓰러뜨려서 그냥 조용한 갑판으로 돌아왔다.

"왠지 리젠 하고 바로 쓰러뜨리니까 조금 불쌍한 것 같아."

원래 놀라게 해서 플레이어들에게 [혼란] 같은 상태이상을 걸곤 하는 고스트 계열 MOB과 해적 좀비, 스켈레톤이 나타난 직후에 쓰러지는 모습을 보니 뭐라 말할 수 없는 기분이 들었다.

"자, 윤 언니. 차례대로 서자!"

"윤, 우리가 함께 있으니까 괜찮아."

"흑흑, 뮤우, 세이 누나아……."

나는 뮤우와 세이 누나를 약간 원망스러운 눈초리로 바라보았다.

애초에 이렇게 된 계기는 얼마 전에 마기 씨가 가르쳐준 [엑토플라즈마 클레이]다.

[엑토플라즈마 클레이]를 드롭하는 고스트 계열 MOB은 시간 제한식 유령선에 나타나지만, 별로 강하지 않다.

단, [엑토플라즈마 클레이]의 입수 난이도가 낮은 것에 비해 시간 제한식 유령선이라는 조건과 에리어 범위가 제한되어 있어서 입수량이 적다.

그런 와중에 유령선에 플레이어들이 모였고, 적 MOB을 쓰러뜨린 다음 리젠될 때까지 기다리다가 다시 쓰러뜨리는 걸 반복한 결과, 유령선에는 항상 적 MOB이 없는 상태가 이어지고 있었다.

적 MOB이 사라진 유령선을 본 누군가가 이렇게 중얼거렸다고 한다.

『——여기, 담력시험을 하기 딱 좋을 것 같은데.』

아무도 남지 않은 유령선에서 리젠될 때까지 기다리던 플레이어들이 적 MOB 대신 놀라게 하는 역할을 맡게 된 게 이 유령선에서 개최되는 담력시험의 시작이었다.

거기에 흥미가 생긴 뮤우와 세이 누나가 끌고 왔기에 나는 지금 여기 있는 것이다.

"진짜, 이제 돌아가고 싶어……, 담력시험을 할 거면 루카토 같은 애들하고 같이 하면 되잖아."

"루카네하고는 이미 다녀왔고, 즐거웠어."

"그럼 왜 다시 온 건데."

"놀라게 하는 플레이어가 매번 다르니까 몇 번을 와도 즐길 수 있거든. 그리고 멋진 반응을 보여주는 사람이 오면 놀라게 하는 역할을 맡은 사람도 의욕이 날 테니까."

시작되기 전부터 신이 난 뮤우에 비해 나는 최악의 기분이다.

"자자, 윤. 무서우면 내 손을 잡을래?"

내가 귀신이나 담력시험 같은 걸 싫어한다는 걸 알고 있는 세이 누나는 항상 은근슬쩍 도와주기 때문에 믿음직스러운 것 같다.

"흑흑, 세이 누나아, 고마워. 그러고 보니 세이 누나는 왜 같이 온 거야?"

내가 물어보자 세이 누나는 곤란하다는 듯이 미소를 지었다.

"사실 이 유령선에 있는 [해적왕의 비보]가 내가 원하는 아이템이거든. 하지만 그 아이템에 맞는 [보물 지도]를 얻을 수가 없어서……."

세이 누나는 항상 그랬듯이 물욕 센서 때문에 [해적왕의 보물 지도]를 얻지 못한 모양이었다.

"나한테 말했으면 이런 곳 지도 같은 건 그냥 줬을 텐데. 오히려 가지고 있으면 저주받을 것 같으니까 돈을 내서라도 가져가 줬으면 좋겠어."

"그래, 그래……, 그래서 뮤우가 지도를 양보해주는 대신 이렇게 담력시험에 초대해준 거야."

그리고 뮤우는 나, 그리고 세이 누나와 함께 담력시험을 즐기고 싶다고 했기에 어쩔 수 없이 이번에는 참가기로 했다.

"맞아! 윤 언니는 [간파]하고 [하늘의 눈] 센스 쓰는 거 금지야."

"뭐어?! 어째서?!"

"[간파]로 놀라게 하는 쪽 기믹을 금방 알아채거나 [하늘의 눈]의 암시 능력으로 유령선 안이 훤히 보이면 재미가 없잖아."

내게 더욱 강한 공포를 맛보라는 건가?

하지만 어쩔 수 없이 참가한 담력시험을 망치는 짓을 하는 것도 문제라는 생각이 들어 장비 센스를 변경했다.

소지 SP 33
[마궁 Lv30] [강력 Lv5] [준족 Lv36] [마도 Lv38]
[대지속성 재능 Lv22] [부가술사 Lv16] [염동 Lv18]
[장식사 Lv7] [요리인 Lv23] [수영 Lv24] [연성 Lv13]
[정신내성 Lv15]

대기
[활 Lv55] [장궁 Lv45] [하늘의 눈 Lv35] [간파 Lv45]

[조약사 Lv31] [조교 Lv44] [언어학 Lv28] [등산 Lv21]
[생산직의 소양 Lv35] [신체내성 Lv5] [잠복 Lv7]
[선제의 소양 Lv17] [급소의 소양 Lv15] [낚시 Lv10]

"센스를 변경했어."

"그럼 담력시험 코스로 렛츠 고~!"

그렇게 나는 뮤우, 세이 누나와 함께 이 유령선에 숨겨져 있는 [해적왕의 비보]를 얻기 위해 유령선의 담력시험에 도전하기 시작했다.

"뮤, 뮤우……, 왠지 벌써 분위기가 느껴지는데."

입구 단계에서 바로 안쪽이 보이지 않을 정도로 어두웠고, 축축하고 무거운 공기와 비린내가 코를 끌렀다.

그런 입구에 이 담력시험의 차례를 관리하는 플레이어가 서 있었다.

"여기가 배 안으로 들어가는 입구입니다. 라이트 같은 마법을 쓰기보다는 여기에서 빌려드리는 랜턴과 예비 연료를 쓰시면 더욱 즐기실 수 있고요."

"와, 저번에는 랜턴을 빌려주지 않았는데, 개량되었구나."

뮤우는 감탄하면서 랜턴을 받아 불을 켰다.

마법 조명과 비교하면 희미한 주황색 불빛이 배 안의 어둠을 없앴지만, 때때로 불안정하게 흔들리는 불꽃이 만들어내는 그림자의 움직임이 마음을 불안하게 했다.

"자, 가자."

뮤우가 선두에 서고 나는 세이 누나의 손을 꽉 잡으며 배 안으로 들어갔다.

"흐악?! 뭐, 뭐지?!"

그리고 약한 바람과 냉기가 발치를 쓰다듬자 내가 멈춰섰고, 뮤우가 돌아보았다.

"단골처럼 나오는 바람하고 냉기구나. 유령이 지나갔다, 그런 연출. 이건 저번하고 똑같아."

"윤, 정말 힘들 것 같으면 로그아웃해도 돼."

팔에 달라붙은 나를 세이 누나가 달래면서 랜턴 불빛에 의존해서 나아갔다.

"으, 군데군데 해초나 바다생물이 달라붙어 있고 축축하니까 미끄러질 것 같아."

게다가 한 발짝 내디딜 때마다 바닷물을 머금어서 상한 목제 바닥과 유령선 전체가 삐걱댔다.

"이 유령선은 밤이 되면 수면 위로 떠오르니까 이런 해초 같은 게 배 안으로 들어왔을 거야."

"나타났을 때는 안개가 껴서 몰랐는데, 그런 거였구나."

왠지 이 유령선의 설정이나 출현 연출 같은 걸 생각하니 마음이 조금 편해졌다.

그리고 우리가 바닥을 삐걱삐걱 울리며 나아갔을 때——.

"윽?! 저기, 방금 발소리가 하나 더 늘어나지 않았어?!"

우리가 걸어가자 상한 바닥이 삐걱대는 발소리가 하나 더 들렸고, 멈춰서서 돌아보았지만 아무도 없었다.

"어~? 착각한 거야~."

그게 놀라게 해주는 역할을 맡은 플레이어의 소행이라는 사실을 알고 있는 뮤우와 세이 누나는 싱글거리며 시치미를 뗐다.

담력시험의 단골 연출이라는 걸 알고 있긴 하지만, 역시 보이지 않는 공포가 있었다.

"괜찮아. 아마 [은밀] 스킬의 《섀도우 다이브》 같은 거로 숨어 있는 거겠지. 괜찮──, 꺄악?!"

내가 늘어난 발소리에 적당한 이유를 붙이면서 이해한 직후, 통로에 쌓여 있던 너덜너덜한 나무상자가 무너지자 깜짝 놀라 뒤로 물러섰다.

"윤이 가지고 있는 [염동] 센스로 멀리서 움직여서 무너뜨린 건가?"

"세이 언니, 그런 건 나중에 알려줘도 돼."

세이 누나는 나를 안심시키기 위해 이유를 알려주었다만, 나는 그럴 때마다 놀라서 심장이 크게 뛰었다.

그리고 통로를 나아가고 있자니 건너편에서 [해적왕의 비보]를 회수한 파티가 다가와서 우리 곁을 지나갔다.

"안녕하세요. 저기, 괜찮으신가요?"

남녀 두 명 파티가 우리에게 인사를 하며 걱정해주었다.

완전히 다리가 풀린 내가 세이 누나의 손을 잡고 있었기 때문에 정말 무서워하는 것처럼 보였는지도 모르겠다.

"괘, 괜찮아요……, 아하하하…….."

"저기, 조심하세요. 플레이어를 공격하지 않으니 안심이 긴 하지만요."

그렇게 조언을 해준 두 사람을 보낸 다음 우리도 앞으로 나아갔다.

그리고 천천히 나아간 통로 뒤쪽에서 쨍그랑, 무언가가 떨어지는 소리가 들렸기에 반사적으로 돌아보았다.

"히익?!"

통로를 지나쳤을 때는 없었던 것──, 피로 물든 만곡도가 떨어져 있어서 나도 모르게 깜짝 놀라 물러섰다.

그 밖에도 놀라게 만드는 것들이 수없이 많았다.

"으앗?! 뭐야?!"

"꺄악?!"

어두워서 알아볼 수가 없었는데, 얇은 실에 매달아 놓은 곤약 같은 게 나와 세이 누나의 목에 닿았다.

나와 세이 누나는 그 싸늘한 감각과 미끈거리는 느낌 때문에 목에 닿은 것을 떨쳐내고 소리를 질렀다.

"고전적으로 놀라게 만들기도 하는구나. 오랜만에 세이 언니의 귀여운 비명을 들었어."

"정말, 뮤우."

뮤우가 놀리자 볼을 부풀리는 세이 누나를 보니 훈훈한 마음이 들었다.

그 밖에도──.

『으어어어어어어——!』

"으앗, 유령으로 분장한 플레이어지?"

"이번에는 달려서 빠져나가자!"

"그래. 발치 조심하고——."

통로를 정처 없이 돌아다니거나, 통이나 상자 오브젝트 안에서 윗몸을 내밀고 손을 뻗거나, 죽은 척하면서 바닥에 쓰러져 있다가 다가가면 일어나는 유령 역할을 맡은 플레이어들이 모여 있는 통로에 도착했다.

우리는 손을 잡고 최대한 유령을 못 보게끔 단숨에 뛰어갔다.

뮤우, 세이 누나와 함께 뛰어갔기에 왠지 무서운 건지 즐거운 건지 알 수가 없어져서 마음을 가라앉히기 위해 심호흡을 반복했다.

"윤 언니, 이제 괜찮아."

"뮤우, 고마워."

심호흡을 반복한 나는 뮤우, 세이 누나가 달래주는 와중에 배 안쪽에 있는 [해적왕의 비보]를 목표로 삼고 나아갔다.

그런 도중에 우리에게 문제가 생겼다.

"어, 어라? 랜턴 불빛이……."

불안정하게 흔들리던 랜턴 불빛이 서서히 작아졌고, 꺼져서 주위가 완전히 어두워졌다.

"여기에서 불빛이 사라진다고?!"

"괜찮아. 입구에서 예비 연료를 받았으니까 금방 조명을 켤 수 있을 거야."

뮤우가 그렇게 말하자 랜턴 연료를 넣는 소리가 주위에 울리기 시작했다.

나는 곧바로 불을 켤 수 있다는 사실에 안도하면서 어둠 속에서 세이 누나의 손을 잡고 있었다.

"그럼 불을 켤게."

그리고 불이 켜진 순간, 나와 세이 누나의 다리에 끈적이고 차가운 무언가가 휘감겼다.

『──안 놓친다.』

무시무시한 장발과 촛농처럼 피부가 하얀 유령이 발치에서 나타나 얼음처럼 차가운 손으로 나와 세이 누나의 발목을 잡은 채 올려다보고 있었다.

"히익, 꺄아아아아아아아아아아악!"

"윽?! 이게?!"

"윤 언니, 세이 언니!"

나는 다리에 힘이 풀려서 제자리에 주저앉고, 세이 누나는 굳은 표정을 지으며 반사적으로 무기인 지팡이로 유령을 쓰러뜨리려 했고, 돌아선 뮤우도 검을 휘둘렀다.

『캬하하하하하──!』

하지만 그 유령은 우리 다리를 놓고 스르륵, 기분 나쁜 움직임을 보이며 귀에 거슬리는 웃음소리를 남긴 채 통로 안쪽 어둠 속으로 도망쳤다.

"허억, 허억……, 나는 유령이 나와도 괜찮을 줄 알았는데……, 막상 이렇게 당하니까 꽤 놀라게 되네."

세이 누나는 정신적으로 지쳤는지 지팡이에 몸을 기댄 채
숨을 가다듬고 있었다.

"윤 언니, 세이 언니, 괜찮아?"

공포에 질려 주저앉은 나는 세이 누나와 잡은 손을 놓지
않으며 울먹이는 목소리로 두 사람에게 말했다.

"뮤우, 세이 누나……."

"왜 그래? 윤."

"……다리에 힘이 풀려서 움직일 수가 없어."

"스탭! 휴식 공간으로 안내 부탁해요! 스탭!"

내 한심한 목소리를 듣고 뮤우가 곧바로 통로 안쪽으로
소리쳤다.

그러자 바로 좀 전에 도망친 하얀 피부 유령이 돌아왔다.

"히익——."

"어라, 겁을 많이 먹어버렸구나. 미안해, 쉴 수 있는 곳으
로 안내해줄 테니까."

"어, 아, 네……."

장발을 늘어뜨리고 흠뻑 젖은 채 피부를 하얗게 화장한
유령 역할 플레이어는 좀 전에 들었던 낮고 등골이 오싹해
지는 목소리와는 전혀 다르게 밝은 목소리로 우리를 안내해
주었다.

"윤, 일어설 수 있어?"

"저기, 조금 진정이 되었어. 괜찮아."

아직 다리에 힘이 잘 들어가지 않았지만 세이 누나가 받쳐주는 와중에 놀라게 하는 역할을 맡은 플레이어의 안내를 받으며 휴게실 같은 곳으로 향했다.

●

"이곳이 배 안의 안전지대야. 여기에서 쉴 수 있어."

"가, 감사합니다."

축축한 배 안 한구석으로 안내받은 우리는 나무 상자에 앉았다.

유령선 안의 안전지대는 밝은 조명이 확보되어 있어 무섭다는 느낌이 들지 않았다.

"자. 차라도 마시면서 진정해."

나는 고개를 살짝 숙여서 인사를 하며 차를 받아들었고, 그 차를 마시자 긴장이 풀리기 시작했다.

"저기, 번거롭게 해드려서 죄송합니다."

"나야말로 장난을 너무 심하게 쳐서 미안해. 이 담력시험은 조만간 그만둘 예정이거든."

"네?! 이렇게 재미있는데!"

뮤우가 큰 소리로 말했기에 유령 역할을 맡은 누님이 곤란하다는 듯이 웃었다.

"지금은 담력시험이라는 게 호의적으로 받아들여지긴 하지만 에리어를 점령한 거나 마찬가지라는 지적도 나와서."

아무리 외딴섬 에리어에 도달한 사람이 별로 없는 상황이라고 해도 그중 한 곳인 유령선의 MOB을 모조리 쓰러뜨리고 거기에서 담력시험을 하는 것은 에리어를 점령하는 거나마찬가지다.

그 사실을 눈치챈 뮤우는 작은 목소리를 냈고, 세이 누나도 그런 가능성을 고려하고 있었는지 맞장구를 치는 듯이고개를 끄덕였다.

"그래서 얼마 후에 철수할 예정이야."

"재미있었는데, 아쉽네……."

"그래도 이번에 놀라게 만드는 역할에 푹 빠진 사람들끼리 길드를 만들기로 했어. 길드 이름은 [고스트라이]야. 센스나스킬을 구사해서 사람들을 놀라게 만든다. 조만간 길드 홈을 짓고 그곳을 유령의 집으로 만들 예정이니까 꼭 와줘."

"친구들하고 꼭 갈게요!"

그렇게 말하며 유령 분장을 한 채 윙크하는 누님에게 뮤우가 기운차게 대답했다.

이 외딴섬 에리어에 도달할 정도면 다들 강하거나 재력이있을 거다. 그런 플레이어들이 새로운 길드를 만든다고 한다.

유령선을 이용한 담력시험보다 훨씬 더 무서운 유령의 집이 생겨날 것 같아서 표정이 굳어진 나는 절대로 가지 않겠다고 마음속으로 맹세했다.

"그런데 너희는 무슨 목적으로 온 거야? 담력시험 이야기를 듣고 왔니?"

"저기, [해적왕의 비보]를 가지러 온 김에 담력시험을 하러 와본 거예요."

"그럼 안내해줄게. 이쪽이야."

내가 어느 정도 진정하자 유령 역할을 맡은 누님이 [해적왕의 비보]가 있는 선실까지 안내해주었다.

"자. 여기가 목적지야."

유령 누님이 안내해준 유령선의 방은 발목까지 바닷물이 차올랐고, 그 방 받침대 위에 보물상자가 놓여 있었다.

"그러고 보니 윤도 보물 지도를 가지고 있었지? 어떻게 할래? 윤이 먼저 열래?"

"어?! 그래도 돼?"

내가 망설이고 있자니 세이 누나가 미소를 지으며 양보해주었다.

"나는 나중에 열어도 돼. 다음에 또 가지러 오면 되니까."

"세이 누나, 고마워."

나는 세이 누나에게 고맙다는 인사를 하고 보물상자를 열었다.

리치 골드핸드 [장식품] (중량 : 2)

LUK+10   추가 효과 : [드롭량 증가(중)]

『이 몸의 72번째 비보다. 닿은 자를 전부 금으로 바꾸는 보물이라는 이야기를 듣고 빼앗았는데 새빨간 거짓말이었지. 하지만 행

운의 부적치고는 나쁘지 않아. 게다가 악취미 같은 게 해적스러워서 마음에 들었다.」

　보물상자에서 꺼낸 아이템은 순금제 해골을 움켜쥔 사람의 손 모양 펜던트 장식이었다.

　매번 보는 해적왕의 설명 문구를 읽어보면서 손에 넣은 액세서리를 보았다.

　해적스러운 악취미 같은 디자인이었고, 언데드의 리치와 부자의 리치를 말장난으로 이어붙인 액세서리였다.

　"세이 누나, 이걸 가지고 싶었어?"

　"내게는 별로 어울리지 않는 디자인이지만, 조금이나마 운이 좋아졌으면 해서."

　그렇게 말하며 자조하는 듯이 웃는 세이 누나에게 뮤우가 어떤 제안을 했다.

　"그럼 다음에 40번 [해적왕의 비보]를 찾으러 갈까? 거기에서 [포춘 슬립]이라는 아이템을 얻을 수 있어."

　[포춘 슬립]이란 이른바 제비뽑기 타입 아이템인 모양이었다.

　하루에 한 번 제비를 뽑을 수 있고, '대길', '중길', '소길', '길', '말길', '흉', '대흉', 이렇게 일곱 종류 결과가 나온다.

　그 결과에 따라 플레이어에게 이로운 효과를 주거나 오히려 해로운 효과를 주기도 하는 일종의 도박 아이템인 모양이었다.

하지만 그렇게까지 강력하지는 않고 조금 편리한 정도인 아이템 같았다.

"그거 괜찮겠다. 꼭 찾으러 가고 싶어."

세이 누나가 뮤우의 제안을 받아들이고 있자니 안내해준 유령 역할 누님이 훈훈하게 우리를 바라보고 있었다.

"무사히 목적을 달성했구나. 나는 다음 사람을 놀라게 해주러 갈 건데, 바로 돌아갈 거니?"

돌아갈 때는 놀라지 않게끔 프렌드 통신으로 연락해둘게, 그렇게 말하며 배려해주는 유령 역할 누님을 보고 내가 작은 목소리로 중얼거렸다.

"그럼 생산 소재인 [엑토플라즈마 클레이]를 얻고 싶은데."

"[블리츠 고스트]의 드롭 소재말이구나. 리젠되는 숫자가 얼마 안 되는 데다 배 안에서 담력시험을 도와주는 플레이어가 쓰러뜨리고 있어. 만약에 만날 수 있다면 직접 교섭해 봐……, 앗, 다음 사람이 오네! 그럼 잘 가!"

유령 역할을 맡은 누님은 그렇게 말하고 담력시험을 하러 온 다음 플레이어를 맞이하기 위해 빠른 걸음으로 떠나갔다.

"일단 [블리츠 고스트]의 드롭 아이템을 나눠달라고 교섭해보고 싶으니까 찾는 걸 도와줄래?"

"좋아! 담력시험의 연장이구나!"

"아니, 그게 아니거든."

내가 눈을 흘기며 태클을 걸었지만, 뮤우는 아랑곳하지 않고 선두에 서서 걸어가기 시작했다.

그런 뮤우를 보고 세이 누나가 쿡쿡 웃었고, 어둑어둑한 유령선 안에서 [블리츠 고스트]를 쓰러뜨리고 다니는 플레이어를 찾기 시작했다.

우리 이야기를 들었는지 담력시험에서 놀라게 하는 역할을 맡은 플레이어들이 신나게 손을 흔들어주었고, [블리츠 고스트]를 쓰러뜨리고 있는 플레이어가 있는 곳을 알려주었는데——.

"잠깐만! 어째서 [블리츠 고스트]를 쓰러뜨리고 있는 플레이어를 찾지 못하는 거야!"

그 플레이어가 있는 곳을 알려주었는데, 그곳으로 가보니 이미 떠난 뒤였고 다른 곳으로 갔다는 모양이었다.

우리는 배 안을 뛰어다니고 있는 것 같은 그 플레이어를 쫓아갔지만 따라잡지 못했고, 그 결과 유령선 안을 한 바퀴 돌게 되었다.

"있다고 하는 플레이어를 만나지 못하다니, 이 호러 같은 상황은 대체 뭐야?"

모습을 드러내지 않는 MOB을 쓰러뜨리고 다니는 플레이어라니, 너무 무섭다.

"혹시 엇갈린 건가?"

"으, 세이 언니, 윤 언니. 나뉘어서 몰아붙이자! 반드시 정체를 밝혀낼 거니까!"

어라? 이번에는 그런 식으로 나가는 거야? 그렇게 생각하고 있자니 뮤우가 뛰어가기 시작했고, 나와 세이 누나는 급하게 쫓아갔다.

"뮤우! 어디 가는 거야!"

"적당히 뛰어다니다 보면 만나겠지! 만나지 못하더라도 상대방보다 먼저 [블리츠 고스트]를 쓰러뜨리면 윤 언니가 가지고 싶어 하는 아이템을 얻을 수 있고!"

그렇게 말한 뮤우는 [입체 제한 해제] 센스로 삐걱대는 배의 바닥과 벽을 박차고 3차원적인 움직임으로 뛰어갔다.

나와 세이 누나는 중간에 쫓아가는 걸 포기하고 멈춰 섰다.

"뮤우는 가버렸는데, 세이 누나는 어떻게 할 거야?"

"그래, 하층으로 내려가서 기다려볼까? 그리고 아까 윤에게 양보했던 [리치 골드핸드] 보물상자가 리젠되었을지도 모르니까."

"그래. 뮤우나 그 플레이어는 잡을 수 있을 것 같지 않으니까 그렇게 할까?"

나와 세이 누나는 유령선 하층으로 이동하던 도중에 우연히 리젠된 [블리츠 고스트]와 마주쳤다.

곧바로 쓰러뜨렸고, [엑토플라즈마 클레이]가 하나씩 드롭되었다.

"자. 내 몫은 윤에게 줄게."

"세이 누나, 고마워."

약간 기쁜 해프닝이 생긴 와중에 나와 세이 누나는 다시 [해적왕의 비보]가 있던 곳으로 돌아왔다.

배 안을 한 바퀴 돌았기에 시간이 지나 보물상자가 리젠

되어 있었고, 보물 지도를 가지고 있던 세이 누나가 보물상
자를 열고 [해적왕의 비보]를 회수했다.

"이제 윤하고 커플 액세서리를 차겠네."

"뭐, 악취미 같은 디자인이지만."

나와 세이 누나가 서로 마주 보고 웃으며 유령선의 보물
을 회수하자 통로에서 뮤우의 목소리가 들렸다.

『거기 서어어어어!』

"뮤우 목소리야! 아니, 어?!"

내가 뮤우의 목소리를 듣고 통로로 뛰쳐나가자 검은 망토
를 걸친 플레이어가 바로 앞에 다가와 있었다.

그 뒤에서는 뮤우가 바닥과 벽을 박차고 쫓아오면서 복도
를 전속력으로 뛰어오고 있었기에 쫓기던 플레이어도 곧바
로 멈출 수가 없었다.

그리고 유령선 하층은 바닷물이 새어 들어와 젖어 있었기
에 미끄러지기 쉬웠고, 복도로 뛰어나온 나와 충돌하는 걸
피할 수가 없었다.

부딪히겠다고 판단한 검은 망토 플레이어는 쥐고 있던 장
검을 옆으로 내던지고 그대로 나와 뒤엉켜서 쓰러졌다.

"아프……지는 않네."

"윤, 괜찮니?!"

내 뒤에 있었기 때문에 검은 망토 플레이어와 부딪히지
않았던 세이 누나는 쓰러진 우리에게 말을 걸었다.

검은 망토 플레이어는 재빨리 내 몸을 끌어안고 몸을 비

틀어서 위치를 뒤바꾸었다.

그 결과, 내가 바닥에 넘어지지는 않았지만, 꽉 끌어안아서 그 밀착감 때문에 몸을 비틀었다.

"잠깐만, 답답해, 놔줘."

"미안해! 갑자기 멈출 수가 없어서, 다친 데는 없어?"

내가 올라타고 있던 검은 망토 플레이어에게서 귀에 익은 목소리가 들렸기에 나와 세이 누나는 굳었다.

그리고 쫓아온 뮤우가 확보! 라고 하며 검은 망토 플레이어를 붙잡았다.

검은 망토 플레이어는 내 몸을 놓아주고 천천히 윗몸을 일으킨 후 망토 후드를 벗고 얼굴을 드러냈다.

"무슨 일인지는 모르겠지만, 갑자기 뮤우가 쫓아왔는데 대체 어떻게 된 거야?"

""타쿠(군)?!""

나와 세이 누나가 놀라고 있는 와중에 뮤우는 쫓아오고 있던 도중에 정체가 타쿠라는 걸 알아챘는지 잡아서 놀란 것보다 기쁜 마음이 더 강한 것 같았다.

"저기, 타쿠는 왜 여기 있는 거야?"

"수요가 많을 것 같은 [엑토플라즈마 클레이]를 확보하러 왔지. 하는 김에 담력시험에 협력했던 거고."

"그런데 타쿠 군은 평소에 망토 같은 걸 안 쓰잖아……."

"담력시험 중에 리젠된 MOB을 쓰러뜨리는 모습을 보이면 분위기가 깨질 것 같으니까 [인식 방해] 망토로 몸을 숨기고 쓰러뜨리고 있었거든요."

타쿠는 침수된 바닥에 쓰러졌을 때 젖은 망토를 벗으며 나와 세이 누나의 물음에 대답해 주었다.

"유령의 정체는 알고 보니 마른 나뭇가지! 배 안을 남몰래 청소하는 수수께끼의 플레이어, 그 정체는 타쿠 씨였어! 응, 속이 시원하네!"

"그런 이유로 나를 쫓아다녔던 거야?"

뮤우가 그렇게 말하자 타쿠가 쓴웃음을 지었다.

"일단 슬슬 유령선이 사라질 때가 되었으니까 탈출할까?"

타쿠가 그렇게 말한 직후, 유령선이 크게 흔들렸고, 선체가 삐걱대는 소리가 울렸다.

"뭐, 뭐지?!"

"유령선은 오후 6시에 수면 위로 떠 오르고 새벽 2시쯤에 크라켄에 의해 천천히 바다에 빨려 들어가서 사라지거든."

"정말로?!"

"정말이야. 그러니까 일단 탈출하자!"

그렇게 유령선 아래쪽부터 조금씩 바닷물이 새어 들어와서 수위가 올라가는 와중에 우리는 유령선 갑판을 향해 뛰어가기 시작했다.

"호러 같은 담력시험 다음에는 침몰선에서 탈출하는 거야?"

"이 시간이 일종의 보너스 타임이기도 하거든!"

담력시험에서 놀라게 하는 역할을 맡아서 날마다 이 유령선에 오는 플레이어들은 익숙하게 피난 유도와 철수 준비를 진행하고 있었다.

그리고 유령선의 침몰에 맞춰서 쓰러졌던 적 MOB들이 일제히 리젠되어 탈출하려는 플레이어들을 방해했다.

그로 인해 크라켄 때문에 침몰하는 유령선에서 탈출하는 상황에 긴장감이 생겨났다.

"하하하, [블리츠 고스트]를 마지막으로 잡아보자고! ──《소닉 엣지》!"

"나도 질 수 없지! ──《솔 레이》!"

뮤우와 타쿠가 통로로 튀어나온 적 MOB을 아츠와 마법으로 쓰러뜨리며 퇴로를 만들어냈다.

"뭐라고 해야 하나……, 엄청 안심되네."

"아하하, 그렇긴 하지."

내가 미묘한 표정으로 중얼거리자 마찬가지로 탈출하기 위해 뛰어가던 세이 누나가 쓴웃음을 짓고 있었다.

그리고 배의 갑판으로 도망친 우리는 외딴섬에서 유령선으로 올 때 타고 왔던 MOB식 엔진을 탑재한 보트를 인벤토리에서 꺼낸 다음 모두 함께 올라탔다.

크라켄의 촉수가 휘감고 있는 유령선의 침몰에 휩쓸리지 않게끔 보트를 움직여서 거리를 벌렸다.

우리 말고도 유령선에서 탈출한 플레이어들이 차례차례 도망쳤고, 유령선이 가라앉는 모습을 바라보고 있었다.

유령선을 바닷속으로 끌어당기는 크라켄이 촉수로 배를 잡고 누르자 배가 조금씩 기울고 가라앉기 시작했다.

그때 배 앞쪽에서 좀비와 고스트 같은 MOB들이 울음소리를 냈고, 배가 가라앉으며 그 소리가 작아졌다.

그리고 유령선이 가라앉은 흔적으로 어두운 바다에 거센 거품이 솟구쳤고, 그것도 점점 잦아들었다.

크라켄은 바닷속에 하얀 그림자를 드리우고 수면에 거품을 뿜어내며 남쪽 방향으로 헤엄쳐서 사라져갔다.

"크라켄은 어디로 간 걸까? 해역 에리어에 나오기도 하고, 해적선이나 유령선을 가라앉히기도 하고."

내가 그렇게 중얼거리자 타쿠는 크라켄이 사라진 남쪽 방향을 바라보았다.

"해역 에리어의 이벤트 보스나 연출로 나타나는 크라켄은 쓰러뜨릴 수가 없지만, 유일하게 외딴섬 남쪽 다른 섬에 있는 크라켄의 소굴에서는 레이드 보스로 싸울 수가 있어."

"호오, 그렇구나."

별다른 생각 없이 대답하던 나는 기분 나쁜 예감이 들었다.

도망치려고 해도 도망칠 수가 없을 정도로 좁은 보트 위에서 뮤우가 기운차게 일어서서 선언했다.

"저번에 [해역 에리어]에서 당하기만 했던 크라켄하고 결판을 내는 거야! 가자, 윤 언니, 세이 언니!"

"역시 그렇게 되는구나!"

오늘 담력시험과 마찬가지로 신이 난 뮤우 때문에 전투 멤버로 끼게 되었다.

딱히 내키지 않는 내게 타쿠가 어떤 정보를 주었다.

"크라켄을 토벌한 시치후쿠네 이야기를 들어보니 [해역 에리어]에서 적 MOB이 비선공 상태가 되는 아이템을 얻을 수 있는 모양이야. 그리고 부차적인 효과로 물가에서 아이템을 입수할 수 있는 확률이 2퍼센트 올라가는 것 같고."

예전에 초특급 MOB인 그랜드 록의 체내 던전을 클리어했을 때 손에 넣은 [육황귀의 메달] 같은 아이템인 모양이다.

물가에서 아이템 입수 확률이 2퍼센트 올라간다면 채집이나 채굴 말고도 [낚시] 같은 성공률로 올라간다는 뜻인가?

무엇보다 [해역 에리어]에서 적 MOB과 마주쳤을 때 공격당하지 않는다면 외딴섬 에리어로 올 때 그냥 지나쳤던 바닷속을 자세히 조사해볼 수도 있게 된다.

"알았어. 나도 최대한 도울게."

그렇게 나는 담력시험이 끝날 때쯤 레이스 보스인 크라켄에게 도전하기로 했다.

3장   초승달 후미와 크라켄

레이드 보스인 크라켄과 싸울 수 있는 섬은 외딴섬 에리어 남쪽에 있다.

이 섬 주위에는 조류의 흐름이 특히 거세서 헤엄치거나 배로 오기가 힘들다.

일반적인 상륙 수단으로는 일정 주기마다 썰물 때 나타나는 돌 발판을 타고 섬으로 가는 방법이 있었고, 이번에는 그 방법을 사용했다.

"좋았어, 섬에 도착했으니께 크라켄하고 싸울 곳까지 갈 거여~!"

이미 길드 멤버들과 크라켄을 토벌하는 데 성공한 시치후쿠가 선두에 서서 섬을 나아갔다.

"호오, 이 섬은 이렇게 되어 있구나."

크라켄 토벌 멤버는 나와 뮤우 파티, 타쿠 파티, 세이 누나와 미카즈치네 길드 [팔백만]에서 11명이 참가해서 합계 23명.

게다가 크라켄 토벌 경험자로서 시치후쿠를 포함한 [OSO 어업조합] 멤버 7명이 안내 역할을 포함해서 협력해주었다.

각자 움직이기 편하고 뜨거운 햇볕에도 내성이 있는 수영복 장비로 갈아입은 다음 섬 안으로 들어갔다.

"이런 곳에 크라켄하고 싸울 수 있는 곳이 있어?"

섬의 모습은 올려다봐야 할 정도로 커다란 바위산에 나무가 자라있어 조금 어두운 인상이었다.

나무들 사이 간격도 좁아서 플레이어와 보스인 크라켄이 양쪽 모두 싸우기 힘든 듯한 느낌이었다. 혹시 이 섬 어딘가에 동굴 같은 곳으로 통하는 입구라도 있나 라는 생각이 들었는데, 시치후쿠는 이쪽을 돌아보며 즐겁게 미소를 짓고 있었다.

"그리 불안해할 필요도 없어야. 크라켄하고 싸울 곳이 확실하게 마련되어 있으니께. 뭐, 따라와보라고."

나는 시치후쿠가 한 말을 믿고 섬의 바위산을 올라가기 시작했다.

나무들이 직사광선을 막아주었지만, 발치에서 피어오르는 습기 때문에 더위를 느끼며 따라가 보니 바위산 한쪽이 갈라져서 길이 생겨나 있었다.

"이쪽이여, 이쪽."

"윤 언니, 이쪽이야! 발치 조심하고."

"알았어."

그 길을 두 줄로 나란히 나아가 보니 섬 가운데를 헤집어 놓은 듯한 후미가 있었다.

주위가 수직 암벽으로 둘러싸인 후미에는 초승달 모양 모래사장과 진한 푸른색 바다가 있었다.

"여기는…… 예쁘네."

"여기가 크라켄하고 싸우는 곳이여. 보랑께, 해안 안쪽 암벽에 아치가 있제? 저짝은 바닷속 동굴이라 거기를 통해서 크라켄이 오는 것이여."

바닷속 동굴에 바닷물이 흘러 들어가 섬 주위와 비교하면 후미의 파도는 잔잔했다.

후미 주위에는 깎아지른 암벽이 있지만, 동굴처럼 천장은 없었기에 햇빛이 쏟아져 내려 개방감이 느껴졌다.

다른 사람의 눈을 신경 쓰지 않고 즐길 수 있는 비밀 아지트처럼 보이기도 했다.

"시치후쿠 씨! 크라켄하고 싸우려면 어떻게 해야 해?"

"좋은 질문이여! 크라켄은 그냥 기다려봤자 나타나지 않으니께!"

뮤우가 질문하자 안내를 맡은 시치후쿠가 미소를 지으며 대답했다.

"저짝에서 [어촌특성 반죽미끼]라는 아이템을 저 바다에 던지믄 크라켄을 불러들일 수 있는 거여. 참고로 이 아이템은 외딴섬 에리어의 NPC 퀘스트 보수로 받을 수 있고."

[어촌특성 반죽미끼] (소모품)
외딴섬의 어부들이 물고기를 노릴 때 쓰는 미끼.
반죽한 물고기 살코기에 작은 물고기를 섞어서 만든 물건.
이것을 사용하면 [낚시]를 할 때 물고기가 잘 모여들게 되고 크라켄을 잡을 때도 쓸 수 있다.

그 아이템의 설명 문구를 확인한 나는 감탄하며 소리를 냈다.

심부름 퀘스트를 좋아하기 때문에 가끔 산책할 겸 받았는데, 외딴섬 에리어에서 받을 수 있는 퀘스트를 파악하지 않았기에 시치후쿠의 말에 놀랐다.

"그러니까, 미끼를 던지지 않으면 평범한 해안이나 마찬가지구나? 저기, 조금만 놀면 안 돼?"

"나도 놀고 싶어. 이렇게 예쁜 모래사장이 있는데 보스전만 하는 건 아쉬우니까!"

"뮤, 뮤우 양, 히노 양! ……오늘은 크라켄을 토벌하러 온 거예요."

뮤우와 히노가 그렇게 말하자 루카토가 조용히 나무랐고, 토우토비가 창피하다는 듯이 고개를 숙였고, 코하쿠가 어이가 없다는 듯이 한숨을 쉬었다.

그리고 리레이는 그런 뮤우 일행을 보고 요염하게 웃었다.

"후후훗, 미소녀들이 비밀의 모래사장에서 마음껏 뛰어노는 모습을 보고 싶네요. 아니, 크라켄의 촉수에 붙잡히는 것도……, 우열을 가리기 힘들겠어요."

"리레이, 니는 또 바보 같은 소리나 해싸코!"

곧바로 코하쿠가 태클을 걸었다.

미카즈치 일행은 그런 뮤우 일행의 모습을 즐겁게 바라보고 있었다.

"하긴, 그냥 크라켄을 쓰러뜨리고 끝내면 재미가 없을 테니까, 세이는 어떻게 생각해?"

"그래. 솔직히 말하자면 나도 뮤우나 윤하고 느긋하게 지내고 싶거든."

해역 에리어를 돌파하는 것부터 시작해서 외딴섬 에리어의 탐색, 해적왕의 비보 찾기, 그렇게 지금까지 빠르게 달려왔기 때문에 세이 누나는 뮤우 일행과 놀고 싶은 모양이었다.

그리고 타쿠 일행은——.

"뭐, 상관없지 않나? 미니츠나 마미 씨도 뮤우네하고 놀고 싶잖아?"

"그래도 괜찮겠어? 여자애들이 잔뜩 모여서 놀 기회는 별로 없으니까 기쁘긴 한데."

그렇게 말한 미니츠는 파카를 벗어 던지고 헤엄칠 준비를 했다.

"자, 윤 군하고 마미도 가자."

"어, 아니, 나는……."

"저기……."

나와 마미 씨는 활짝 웃는 미니츠에게 팔을 잡힌 채 바닷가로 끌려갔다.

그때 나는 타쿠에게, 마미 씨는 케이에게 도와달라는 듯한 시선을 보냈지만, 그냥 버림받았다.

그리고 간츠를 비롯해서 시치후쿠가 데리고 온 [OSO 어업조합] 남자 플레이어들은 작은 목소리로 이야기를 나누고 있었다.

"다들 파카를 걸치고 있었지만 지금부터 헤엄치기 위해서 벗을 거라고."

"비록 VR이긴 하지만 여자애들과 해수욕하러 올 수 있어서 기뻐."

"이봐, 그런 말 하지 마. [OSO 어업조합]은 남자들밖에 없다고! 계속 그런 말을 하면 더 슬퍼져!"

누구 가슴이 크다거나, 엉덩이 형태가 멋지다거나, 귀여운 수영복을 보고 싶다거나.

그렇게 노골적인 대화와 시선은 보고 있던 여자 일행들에게는 다 들통났다.

하지만 그들은 여자 일행들의 싸늘한 시선을 눈치채지 못했다.

"우리도 시선 정도는 눈치챘다고. 에휴, 바보 같기는."

미니츠가 그렇게 말하자 뮤우와 히노가 힘차게 고개를 끄덕였고, 세이 누나와 루카토, 마미 씨가 곤란한 듯이 미소를 지었다.

그리고 토우토비는 창피하다는 듯이 고개를 숙였고, 나와 코하쿠는 어이가 없는 표정, 미카즈치는 폭소하고 있었다.

"남자들은 무시하고 여자들끼리 놀자! 여자들은 이쪽. 남자들은 저쪽!"

미니츠는 모래사장에 선을 긋고 여자들만의 에리어를 주장했다.

"우오오오오옷! 잠깐만! 우리도 끼워달라고오오오!"

"모처럼 미소녀들과 교류할 기회가아아아아!"

"바비큐든 야키소바든 뭐든 만드는 하인이 되겠습니다, 같이 놀아주세요!"

간츠를 비롯해서 헤롱대던 남자 일행 일부가 애원했지만, 미니츠는 거절했다.

"지금은 여자애들끼리 지내는 시간이야. 너희는 남자들끼리 사이좋게 놀아. 자, 애들아, 가자."

『오~!』

미니츠가 지시를 내리자 뮤우와 히노가 큰 소리로 외치며 파카를 벗어 던지고 후미 쪽으로 달려가기 시작했다.

그리고 미니츠 일행을 따라 우리도 바닷가 쪽으로 걸어갔다.

미카즈치와 세이 누나, 그리고 길드 [팔백만]에서 참가한 여성 플레이어들은 후미 모래사장에 시트와 비치 파라솔을 설치하고 파라솔 아래에서 차가운 음료수를 마시기 시작했다.

"오, 윤 아가씨도 이쪽에서 같이 마시는 게 어때?"

"미카즈치, 마신다니, 술을?! 이따가 크라켄 토벌할 거 아니야?"

"뭐, 도수가 낮은 과실주야. 그리고 [어지러움] 상태이상에 걸릴 정도로 마실 생각도 없고."

파라솔과 시트를 설치한 곳에서 미카즈치는 세이 누나 같은 사람들과 함께 작은 잔으로 조금씩 술을 마시고 있었다.

세이 누나도 얼마 전에 현실에서 스무 살이 되었기 때문에 OSO에서도 술 계열 아이템이 해금되어서 미카즈치와 함께 마시는 모양이었다.

"정말……, 세이 누나도 잘 조절해서 마시라고."

"응, 괜찮아. 술은 한 잔만 마시기로 했으니까."

그렇게 말한 세이 누나는 과실주 한잔을 두 손으로 감싸 쥐고 아껴가며 마시고 있었다.

내가 뮤우 일행 쪽으로 걸어가자 그녀들은 얕은 곳에서 헤엄치거나 물을 끼얹으면서 즐기고 있었다.

"윤 언니! 뤼이 같은 애들도 불러줘~!"

"그래, 그래. 뤼이, 자쿠로──, 《소환》!"

나는 뮤우에게 부탁받고 뤼이와 자쿠로를 불러냈다.

후미 모래사장에 불려 나온 뤼이와 자쿠로는 주위를 둘러보고 상황을 짐작한 다음, 뤼이는 세이 누나와 미카즈치가 있는 파라솔 쪽으로 가서 그늘에 드러누웠다.

"뤼이는 쉬는 걸 더 좋아하나 보네."

뮤우에게 쫓겨 다니는 것보다 미카즈치와 술을 마시는 게 더 좋은 것 같다.

"으, 뤼이하고 놀고 싶었는데!"

"포기해. 그리고 뤼이는 물가나 모래사장처럼 발 디디기가 힘든 곳을 잘 다니지 못하니까 억지 부리지 말아줘."

내가 그렇게 말하자 뮤우는 어쩔 수 없이 받아들이고는 히노와 수영을 하기 시작했고, 그런 두 사람을 루카토와 토우토비, 미니츠가 쫓아갔다.

나는 자쿠로와 함께 바닷가에서 바닷물에 발을 담그면서 바람을 쐬던 코하쿠와 마미 씨에게 다가갔다.

"코하쿠하고 마미 씨는 뮤우네하고 같이 헤엄 안 쳐?"

"우리들은 여기서 바람 쐴 거니께 괜찮어. 그리고 후위 마법사라 체력도 없고."

"저는 [수영] 센스가 없어서 헤엄을 못 치거든요. 그리고 젤하고 같이 즐기고 있어요."

코하쿠는 바닷가에서 바람을 쐬고 있었고, 마미 씨는 합성 MOB인 윈드 젤을 무릎 위에 올려놓고 끌어안으며 뮤우 일행을 바라보고 있었다.

나는 그러냐면서 고개를 끄덕이고는 바닷가에 앉아 바닷물에 손을 담갔다.

열대기후인 외딴섬 에리어의 바닷물은 조금 따뜻하게 느껴졌다.

하지만 이 후미의 해수 온도는 바닷속 동굴을 통해 흘러들어오고 있기 때문인지 시원해서 기분이 좋았다.

자쿠로는 변화가 별로 없는 잔잔한 후미 바다에 뛰어들어서 바닷물에 둥실둥실 떠 있었다.

개헤엄으로 수영을 할 수 있는 자쿠로는 헤엄치기보다 떠 있는 걸 선택한 모양이었다.

그냥 떠 있기만 하는 사랑스러운 모습을 나와 코하쿠, 마미 씨가 훈훈하게 지켜보았다.

그리고 각자 후미에서 시간을 보내고 있던 뮤우 일행을

둘러보다 문득 생각이 났다.

"그러고 보니 리레이는 어디 간 거야? 안 보이는데."

"리레이는 저기 있제."

코하쿠가 그렇게 말하며 바닷속을 손가락으로 가리켰고, 내가 잘 살펴보니 계속 잠수하고 있는 리레이를 발견했다.

아마 평소와는 다른 각도에서 미소녀를 본다고 하면서 잠수하고 있는 것 같다.

그런데 리레이의 움직임이 점점 둔해지는 것 같은 느낌이 들었다.

"……저기, 왠지 이상하지 않나요?"

"아니, 오랫동안 잠수하고 있는데, 리레이의 [수영] 센스 레벨이 그렇게 높아?"

아니면 물속에서 활동할 수 있는 시간을 늘려주는 [브리징 포션]을 쓴 건가 싶었는데 아무래도 아닌 것 같았다.

"저 멍충이! 뮤우네를 쫓아다니느라 정신이 팔려서 숨 쉬는 것도 잊어분 거여! 내가 끌어 내야것네!"

코하쿠는 그렇게 말하고 익사할 뻔한 리레이를 회수하기 위해 바다에 뛰어들었다.

"……뭐, 괜찮을 것 같네."

"……그러게요."

나와 마미 씨는 둘이 남아서 조용히 바닷가에 밀려오는 잔잔한 파도의 감각을 즐겼다.

"그러고 보니 타쿠네는……."

미니츠에게 쫓겨나는 듯이 헤어지게 된 남자 일행 18명은 뭐 하고 있을까, 신경 쓰여서 돌아보니──.

"간츠, 1등으로 갑니다~! 얏호우우우우!"

모래사장에 투석기가 설치되어 있고, 거기에 탄 간츠가 세차게 포물선을 그리며 날아가 후미 쪽 바다를 향해 뛰어들었다.

거센 물보라를 일으키며 뛰어든 다음, [OSO 어업조합] 멤버들이 차례차례 포즈를 취하며 투석기를 타고 바다에 뛰어들기 시작했다.

"리리가 시험 운용을 맡긴 투석기여! 마음껏 써불자고!"

셋이서 한 대를 운용하는 투석기를 지휘하던 시치후쿠에게 리리가 그런 식으로 쓰라고 건넨 건 아닌 것 같지만, 일단 즐거워 보이니 쓴웃음을 지으며 지켜보기만 했다.

"아! 그렇게 재미있는 거 하고! 부러워!"

"남자들끼리 투석기를 타고 날아가는 게 부럽지! 우리도 여자애들하고 같이 놀고 싶으니까 그쪽으로 갈 수 있게끔 허가해주세요! 부탁드립니다!"

투석기를 타고 날아갔던 간츠가 자신만만하게, 공손하게 부탁했다.

"이렇게 된 이상 여자애 팀도 맞서자! 세이 언니, 워터 슬라이더 같은 거 만들어줘!"

"뮤우, 알았어. ──《아이스 에이지》!"

간츠의 호소는 무시당했고, 뮤우에게 부탁받은 세이 누나가 [빙속성 마법]으로 얼음 발판을 만들어내고 폭이 넓은 미끄럼틀 같은 형태를 만들어냈다.

"좋았어~! 애들아, 같이 가자!"

뮤우 일행은 언제 그런 걸 준비해둔 건가 싶을 정도로 거대한 튜브를 꺼냈다.

얼음 미끄럼틀에서는 뮤우와 루카토, 히노와 토우토비, 코하쿠와 리레이, 미니츠와 마미 씨, 그렇게 두 사람이 함께 거대한 튜브를 타고 미끄러져 물보라를 일으키면서 물에 들어갔다.

"아하하하, 이쪽도 재미있어! 부럽지!"

뮤우는 볼에 달라붙은 머리카락을 손가락으로 떼어내면서 자랑하는 듯이 남자 일행들에게 손을 흔들고 있었다.

그런 뮤우 일행의 모습이 눈이 부시다는 듯이, 그리고 끼지 못해서 분하다는 듯이 바라보는 간츠 일행.

"아하하하, 뭐, 사랑스러운 녀석들이지."

투석기를 타고 날아가는 간츠와 [OSO 어업조합] 멤버들을 보고 쓴웃음을 지으며 저기에 끼지 않았던 타쿠 일행을 찾아보았다.

그쪽에서는 모래사장에 무언가를 적으며 크라켄 토벌 준비를 하고 있었다.

움직임의 지시 같은 건 타쿠 일행에게 맡기고 우리는 이렇게 시끌벅적하면서도 기분이 좋은 후미에서 느긋하게 시간을 보냈다.

나는 뮤우 일행과 함께 후미에서 모래 동상을 만들었고, 남자 일행들은 모닥불을 둘러싸고 인내심 대결을 시작하는 등, 각자 재미있게 놀고 있었다.

　그런 와중에 미카즈치가 일어서서 소리쳤다.

　"──자, 슬슬 크라켄 토벌을 시작해볼까."

　후미 해안에서 놀고 있던 우리는 미카즈치가 그런 말을 꺼내자 무슨 뜻인지 고개를 갸웃거렸다.

　"설마 잊어버린 건 아니겠지."

　"그, 그렇지 않아. 미카즈치 씨도 참……, 아하하하."

　싱글싱글 웃는 미카즈치에게 뮤우가 약간 동요한 목소리로 대답했고, 나도 깜빡 잊고 있었기에 살짝 눈을 피했다.

　"크라켄을 토벌한 다음에는 해안에서 마음껏 놀아도 되니까 마음을 다잡아!"

　미카즈치가 호령을 내린 것과 동시에 우리는 크라켄 토벌 준비를 했다.

　"투석기를 조정하자고! 크라켄 토벌에 두 대를 시험 운용해볼 거여!"

　토벌에 도전하는 30명 중 [OSO 어업조합] 멤버 6명은 리리가 맡긴 투석기를 세 사람이 한 대씩 운용하기 때문에 후위로 고정되어버렸다.

　"보스에게 고전할지도 모르겠지만, 그런 건 우리가 커버

하면 되니까."

임시 파티를 모아서 토벌하거나 진지한 공략을 목표로 하는 상황에서 투석기를 쓰려고 하면 반감을 사겠지만, 이번 토벌은 완전히 아는 사람들끼리만 하는 공략이다.

미리 모두에게 투석기의 사용 허가를 받아두었고, 커버할 수 있을 정도로 수준이 높은 플레이어들이 모여 있다.

그리고 투석기가 원인이 되어 토벌에 실패하더라도 모두가 납득하면서 웃어넘길 수 있다.

"좋다. 이런 분위기……."

나는 이벤트 보스전으로 크라켄과 마주친 적이 있어서 행동 패턴도 대충 알고 있기 때문에 그렇게까지 부담이 되진 않았다.

평소에는 레이드 보스전을 하게 되면 부담이 되지만 도전하기 전에 후미에서 놀면서 적당히 긴장을 풀어서, 오히려 지금 같은 상황을 즐기고 있다.

소지 SP 33

[마궁 Lv30] [하늘의 눈 Lv35] [간파 Lv45] [강력 Lv5]

[준족 Lv36] [마도 Lv38] [대지속성 재능 Lv22] [부가술사 Lv16]

[염동 Lv18] [요리인 Lv23] [잠복 Lv7] [급소의 소양 Lv15]

대기

[활 Lv55] [장궁 Lv45] [조약사 Lv31] [조교 Lv44] [장식사 Lv7]
[연성 Lv13] [수영 Lv24] [언어학 Lv28] [등산 Lv21]
[생산직의 소양 Lv35] [신체내성 Lv5] [정신내성 Lv15]
[선제의 소양 Lv17] [낚시 Lv10]

나는 모래사장이라 발을 디디기 힘든 지형이었기 때문에
사역 MOB인 뤼이와 자쿠로를 소환석으로 되돌리고 회피
중시 센스 구성을 짠 다음 검은 소녀의 장궁을 들었다.

"그럼 간다 《존 인챈트》── 어택, 디펜스, 스피드!"

나는 참가한 전위들에게 3중 인챈트를 걸어서 스테이터
스를 강화시켰다.

"좋았어, 준비는 다 됐지! [어촌특성 반죽 미끼] 투척 시작!"

시치후쿠가 신호를 보내자 투석기에 실어두었던 반죽 미
끼가 포물선을 그리며 날아갔다.

투석기로 날린 반죽 미끼 덩어리가 후미 수면에 부딪혔
고, 작은 물기둥을 만들어내며 가라앉았다.

물속에서 반죽 미끼가 녹은 건지 진한 푸른색 바닷물이 적
자색으로 변했고, 그쪽을 노리고 후미와 바깥 쪽 바다가 이
어지는 바닷속 동굴에서 하얗고 거대한 그림자가 나타났다.

『──크오오오오오오오오오옹!』

"아앗! 우리 모래 동상하고 세이 언니의 얼음 미끄럼틀이!
크라켄, 절대로 용서 못 해!"

크라켄이 후미에 나타났을 때, 솟구친 바닷물이 커다란 파도가 되어 바닷가에 만들어두었던 놀이의 흔적을 파괴하기 시작했다.

뮤우는 그 광경을 보고 주먹을 꽉 쥐며 분노를 불태우고 있었다.

"왔다! 전원 공격!"

"""우오오오오오!"""

거대한 크라켄의 머리가 솟구쳤고, 수면 위로 촉수를 흐늘흐늘 들어 올려 우리를 위협하려는 듯이 울음소리를 냈다.

갤리온 위에서 싸웠을 때는 피할 곳이 별로 없어서 고전할 수밖에 없었다.

하지만 후미에서 전투를 벌이게 되니 크라켄이 바다에 있기 때문에 사각을 파고들 수는 없지만 회피하기에는 충분히 넓었다.

"——《식재료의 소양》!《강궁기 · 산 무너뜨리기》!"

나는 크라켄의 촉수 길이보다 더 먼 거리에서 상위 활 계열 아츠를 날렸다.

선봉을 맡겠다는 듯이 달려나간 타쿠와 뮤우 같은 전위들 머리 위를 지나《식재료의 소양》으로 뜬 마커가 있는 크라켄의 미간에 강렬한 화살의 일격이 꽂혔다.

『——크오오오오오오오오오오옹!』

"젠장! 크라켄에게 첫 공격을 가하는 영예를 윤에게 뺏겨 부렸네! 그래도 지금부터제!"

첫 공격을 약점에 강렬하게 맞은 크라켄은 몸이 늘어지는지 수면 위로 내밀고 있던 촉수가 모래사장에 쓰러졌다.

"움직임이 멈추는 동안 대미지를 마구 입혀라!"

뮤우는 검에 마법을 담아서 거센 열과 빛으로 촉수를 깊게 베며 태웠고, 타쿠는 두 손에 든 장검을 휘둘러 빠르게 베어 나갔다.

전위들은 최대한 공격을 가했고, 후위도 마찬가지로 짧은 시간 동안 공격 마법을 날렸다.

나도 속사로 차례차례 크라켄의 몸통에 화살을 날렸다.

"전원, 회피 준비!"

크라켄의 급소로 인한 행동 저해는 약 30초.

그동안 최대한 공격을 가했지만, HP는 겨우 5퍼센트 정도 줄어들었을 뿐이다.

그리고 크라켄의 반격이 날아들었다.

『──크오오오오오오오오오오옹!』

늘어진 촉수를 다시 들어올리고 모래사장을 내려치려는 듯이 휘둘렀다.

"전원, 대피!"

머리 위로 들어 올린 촉수 그림자가 모래사장에 드리웠고, 그곳을 피하려는 듯이 전위들이 양쪽으로 도망쳤다.

그리고 촉수가 모래사장을 내리친 순간, 자잘한 흙먼지가 피어올랐고, 땅이 흔들려서 촉수 범위 바깥에 있던 후위들의 움직임까지 방해했다.

"다음 공격이 올 거야!"

[입체 제한 해제] 센스로 도약해서 공중으로 피한 뮤우는 땅이 흔들린 영향을 받지 않고 근처에 있던 촉수를 베기 위해 달려들었다.

하지만 땅이 흔들려서 멈춰선 전위들을 표적으로 삼은 크라켄이 촉수로 붙잡으려고 나섰다.

"잠깐, 또 나야?"

예전에도 크라켄과 마주쳤을 때 촉수에게 잡혀서 바다에 내던져진 간츠가 소리를 지르며 곧바로 촉수에게 붙잡혀서 날아갔다.

전에는 바다로 떨어졌지만, 이번에는 후미의 암벽에 부딪혀버릴 것 같았다.

"──《아쿠아 월》!"

"──《머드 풀》!"

세이 누나가 날아가는 경로 위에 수벽을 만들어냈고, 내가 후미 암벽 일부를 진흙으로 변화시켜 간츠의 충격을 완화했다.

"아프다, 세이 씨, 윤. 덕분에 살았어."

"자자, 간츠. 한 번 더 가. ──《하이 힐》, 《리제네레이션》!"

미니츠가 간츠에게 회복과 HP를 자동 회복해주는 [재생] 효과를 부여해주고 보냈다.

간츠가 날아간 뒤에도 크라켄을 토벌하기 위한 공격의 기세는 약해지지 않았고, 아츠와 마법 스킬이 차례차례 날아갔다.

"보통 이렇게 거센 공격을 받으면 빠르게 HP가 깎여나갈 텐데. ──《아이스 랜스》 일제 발사!"

세이 누나가 공중에 서른 개가 넘는 얼음창을 만들어내 크라켄에게 날렸지만, 그중 절반 이상이 크라켄이 들어올린 촉수에 막혀서 대미지가 경감되었다.

그 밖에도 코하쿠와 리레이, 마미 씨 같은 마법사들의 공격과 [OSO 어업조합]의 투석기 두 대의 공격도 촉수 끄트머리를 펼쳐서 잡은 다음 뭉개버리는 식으로 받아내고 있었다.

"어쩔 수 없지. 크라켄은 맞는 부위에 따라 내성이 다르니까."

이 섬 후미에 나타나는 레이드보스인 크라켄은 HP 막대가 나타나서 쓰러뜨릴 수 있게 되었고, 기본적인 행동 패턴은 이벤트 전투로 마주쳤을 때와 별로 다른 게 없다.

하지만 쓰러뜨릴 수 있게 되었기 때문에 드러난 크라켄의 특성으로 부위마다 대미지 경감 능력이 있다는 것이다.

크라켄은 길고 가는 삼각형 몸통 부분과 눈과 입 등이 있는 머리 부분, 그리고 촉수 열 개를 포함한 다리 부분, 이렇게 세 부위를 나눌 수 있다.

크라켄에게 대미지를 입히려면 머리 부분이 가장 대미지가 잘 들어가고, 미간의 급소를 공격하면 30초 동안 움직임이 멈춘다.

그리고 가장 크고 눈에 띄는 몸통 부분은 대미지가 3할 정도 경감된다.

마지막으로 다양한 공격을 방해하는 촉수는 뿌리 쪽에 가까울수록 크라켄에게 입힐 수 있는 대미지가 크지만, 후위의 공격을 막아내는 촉수 끄트머리 부분이 대미지를 9할 정도 경감시키고 있다.

 "——《강궁기 · 산 무너뜨리기》! 젠장, 막혔어!"

 나도 시간이 지나자 다시 머리에 나타난 《식재료의 소양》의 약점 마커를 노리기 위해 아츠를 날렸다.

 하지만 크라켄이 들어올린 촉수에 궤도가 막혀서 날리기 직전에 조준을 살짝 틀어 크라켄의 몸통 끄트머리를 헤집는 듯이 화살이 뚫고 나갔다.

 "우리를 얕보면 안 되제! 으랴아아아아앗!"

 뛰어나간 시치후쿠가 촉수 위로 올라타려는 듯이 뛰어올랐고, 그곳을 발판으로 삼아 크라켄의 미간에 작살을 꽂았다.

 "좋았어, 또 30초 행동 불능 상태로 만들었어야!"

 시치후쿠는 내가 방금 실패한 미간의 급소 공격을 성공시켰고, 그에 맞춰 아군이 다시 공격을 가하기 시작했다.

 후위는 지금까지 산발적으로 공격을 가하면서 모두가 이 순간을 위해 강한 기술을 준비하고 있었다.

 "——《아이스 랜스》! 발사!"

 세이 누나는 [지연] 스킬로 좀 전보다 훨씬 많이, 100개가 넘는 얼음창을 크라켄의 몸통 쪽으로 날렸다.

 그 마법의 여파에서 벗어나기 위해 시치후쿠가 꽂힌 작살을 뽑아내고 모래사장을 뛰어가고 있었다.

"우오오오오옷! 세이 씨, 위험한디!"

하지만 크라켄을 향한 마법사들의 공격은 아직 끝나지 않았다.

"후후훗! 얼른 쓰러뜨리고 미소녀들과 다시 해수욕을 즐길 거예요. ──《프로미넌스 드래군》!"

"우리 강한 기술이여! ──《썬더 스톰》!"

용 모양 불꽃과 번개가 방전되는 까만 회오리가 뒤얽히듯이 날아가 크라켄의 몸통에 꽂히자 수면이 끓어오르며 폭발이 일어났다.

"시야가 좀 안 좋아졌네요. ──《다운 버스트》!"

강력한 마법으로 인해 수증기가 피어올랐지만, 그걸 예상하던 마미 씨가 지팡이를 들어 올린 것과 동시에 강력한 하강기류가 크라켄을 위쪽에서 두들겼다.

화력 직업인 마법사들이 상급 마법을 연타하자 크라켄의 HP가 8할까지 줄어들었다.

『──크오오오오오오오오오옹!』

그리고 30초가 지나자 다시 크라켄이 움직이기 시작했다.

"전위, 먹물 예비 동작이 보인다! 인챈트가 끝나는 걸 대비해!"

"──라져!"

나는 소리치며 크라켄의 예비 동작을 보고 전위들에게 경계하라고 전했다.

"타이밍을 놓치지 말라고……, 왔다!"

자기 자신에게 말하는 듯이 중얼거리며 [하늘의 눈]의 표적 능력으로 전위들의 위치를 파악했다.

촉수를 계속 휘두르는 크라켄의 몸통이 까맣게 물들었고, 입에서 모래사장을 향해 먹물을 뿜어냈다.

후미 넓은 범위에 날아든 먹물에 닿은 플레이어들은 인챈트 등의 강화 효과가 사라져갔다.

나는 [하늘의 눈]으로 아군을 시야 안에 포착하며 모래가 흡수해서 강화 효과를 없애는 먹물이 사라진 타이밍에 다시 인챈트를 걸었다.

"《존 인챈트》──, 어택, 디펜스, 스피드!"

"땡큐, 윤!"

전위들의 강화 효과가 먹물 때문에 사라졌지만, 곧바로 인챈트를 다시 거는 데 성공했다.

만약에 인챈트 타이밍을 놓치면 먹물 효과가 남아서 모처럼 다시 건 인챈트도 사라져버리게 된다.

나는 크라켄의 예비 동작에 주의하며 머리와 몸통 등, 대미지가 잘 들어가는 곳만 노려서 활을 쏘며 크라켄의 예비 동작을 보고 경계하라며 소리쳤다.

"예비 동작이 보인다! 왼쪽으로 대피!"

크라켄이 모래사장 쪽으로 휘두르던 촉수를 높게 들어 올리기 시작했고, 그 동작을 보며 유도 지시를 내렸다.

전위와 후위가 모두 초승달 모양 모래사장을 세 부분으로 나누어서 왼쪽으로 피하는 와중에 크라켄의 촉수가 수면을 내리쳐서 해일이 일어났다.

『──크오오오오오오오오오옹!』

"쳇, 저 녀석들……."

해일 공격이 날아든 순간, 전위와 후위 모두 재빠르게 피하고 있었지만, 유일하게 오래사장 오른쪽 후방에 설치한 투석기를 움직이려던 [OSO 어업조합] 멤버들이 피하는 게 늦었다.

"멍충아! 위험해지면 투석기를 버리라고 했는디!"

좁은 후미에서 발생한 해일은 모래를 휩쓸며 투석기와 그것을 조작하던 플레이어 세 명을 집어삼키고 후미 쪽 암벽에 내동댕이쳤다.

그리고 바닷물이 후미 쪽 바다로 세차게 돌아가기 시작했다.

거센 해일 공격으로 인해 투석기가 파괴된 데다 해안의 모래에 절반쯤 묻혔고, 휩쓸린 [OSO 어업조합] 멤버들도 물기를 머금어서 무거운 모래 안에서 기어 나오고 있었다.

"멍충아! 크라켄을 토벌한 경험이 있다고 해일을 얕보면 안 되제! 죽는당께!"

"시치후쿠 선장님……, 한 번 죽어서 [소생약]을 썼어요."

왠지 바보 같은 대화 같았지만, 크라켄의 해일을 제대로 맞으면 해일의 수압과 휩쓸린 모래 때문에 대미지를 입고, 암벽에 내동댕이──, 거의 즉사급 공격이다.

크라켄과 전투를 벌이려면 촉수를 내리치는 공격과 잡기 공격, 먹물의 강화 효과 제거, 해일의 즉사급 범위 공격, 이렇게 네 가지를 대처해야만 한다.

●

네 종류 공격 조합에 대처하면서 부위별 대미지 경감 특성으로 인해 고전하면서도 크라켄의 HP를 10퍼센트 정도까지 줄이는 데 성공했다.

『──크오오오오오오오오오오옹!』

"이번에는 오른쪽……, 아니, 가운데로 대피!"

크라켄의 HP가 줄어들수록 공격의 기세가 치열해지기 시작했다.

촉수를 내리쳐서 모래사장이 울리는 시간이 길어졌고, 잡기 공격은 플레이어뿐만이 아니라 후미의 암벽에서 바위를 떼어내 후위를 노리며 바위를 던지기도 했다.

먹물의 강화 효과 제거에 맞서 내가 인챈트를 다시 건 직후에 연속으로 먹물을 토해냈을 때는 나도 짜증이 났다.

크라켄의 해일 공격은 후미의 모래사장을 세 부분으로 나눠서 그중 일부를 해일로 밀어붙이는 범위 공격이다.

처음에는 세 군데 중 한 군데만 휩쓸었지만, HP가 줄어들자 해일을 일으키는 곳이 두 군데로 늘어났고, HP가 더욱 줄어들자 페인트까지 쓰기 시작했다.

그 결과 두 번 정도 페인트에 걸려 전위가 절반 정도 쓰러졌지만, [소생약]과 소생 스킬 덕분에 겨우 종반까지 도달할 수 있었다.

"왠지 진짜로 반사신경이 필요한 적이네! 전위!"

"나도 알아, 윤 언니! ──《나인소드 슬래시》!"

"하아아앗! ──《데스 브링어》!"

뮤우와 타쿠를 비롯한 전위들이 크라켄의 촉수에 강력한 아츠와 스킬을 날렸고, 그 대미지를 입은 촉수가 경직으로 인해 움직임이 한순간 멎었다.

나는 전위들이 만들어낸 빈틈을 놓치지 않고 크라켄의 미간에 활로 강력한 일격을 때려 넣었다.

"가라아아아!《강궁기·산 무너뜨리기》!"

『──크오오오오오오오오오옹!』

크라켄의 미간에 화살이 박히자 다시 30초 동안 공격할 시간이 생겨났다.

"좋았어! 이제 단숨에 해치우자고!"

나머지 HP를 깎아내기 위해 착착 준비하던 후위들이 한꺼번에 마법을 날렸다.

"다들, 가자──《메일슈트롬》!"

세이 누나의 소용돌이를 비롯한 리레이의 불꽃 용과 코하쿠의 방전하는 까만 회오리, 마미 씨의 강렬한 하강기류의 타격이 연달아 크라켄을 덮쳤다.

"마지막은 나도 공격하겠어! ──《콘센서스 레이》!"

지금까지 회복 담당 중 한 명으로 전위들을 받쳐주던 미니츠도 크라켄의 남은 HP를 깎아내기 위해 공격했다.

미니츠가 날린 두꺼운 수렴광선이 후미의 모래사장을 비추었고, [하늘의 눈]이 강렬한 빛에 과민 반응을 보여서 순간 눈이 부셨다.

"아얏……, 크라켄은……."

빛이 사그라들고 눈이 익숙해졌을 때쯤, 희미하게 크라켄의 실루엣이 보이기 시작했다.

똑바로 서 있는 크라켄의 실루엣을 보고 세이 누나 같은 사람들의 집중포화로도 쓰러뜨리지 못한 건지 불안해졌다.

그렇게 불안한 마음을 품으며 몇 초 정도 시간이 흘렀고——.

『——크, 크오오오오오오오오…….』

크라켄이 힘없는 울음소리를 내며 곤두세우고 있던 몸통을 후미 수면에 내리치는 듯이 쓰러졌고, 그로 인해 생겨난 약한 해일이 후미 모래사장을 뒤덮으며 땅을 밀어냈다.

"끄, 끝났구나……."

나는 안심하며 제자리에 주저앉아 빛의 입자로 변해서 사라지기 시작한 크라켄을 바라보았다.

"아~, 피곤하다~."

평소에 긴장하며 도전한 보스보다는 정신적으로 편했다.

조심해야 할 크라켄의 해일 공격을 피하려면 집단으로 한꺼번에 행동해야 했기에 반사신경이 필요한 파티 게임을 하고 있는 듯한 기분이었다.

"이번에는 보스와 상성이 좋았던 것 같은 느낌인데."

아군에게 강화를 걸어주는 [인챈트] 센스의 인챈트와 크라켄의 강화 효과 제거는 내게 상성이 좋지 않았다.

하지만 다른 한편으로 내 장궁의 원거리 정밀사격은 크라켄의 미간에 있는 약점에 딱 맞게 싸울 수 있었던 것 같다.

크라켄의 미간에 있는 약점을 꿰뚫어서 30초 동안 행동 불능 상태로 만들어서 전투에 공헌하고 보니 매우 기분이 좋았다.

"항상 이렇게 상성이 좋은 상대와 싸우면 좋겠는데."

그런 느낌으로 크라켄과의 전투를 혼자 되돌아보면서 보스전 뒤처리 모습을 바라보았다.

"큰일이여. 투석기가 완전히 망가져부렀는디."

"어쩔 수 없죠. 해일을 맞고 옆으로 넘어진 이후로 해일 공격을 여러 번 맞았으니까요."

"완전히 부서졌던 게 세 번째 해일 때였나? 일단 투석기 잔해하고 정보를 가지고 가서 리리에게 넘기자고."

시치후쿠 일행은 해일 공격으로 인해 모래에 파묻인 투석기를 삽으로 파내서 잔해를 회수하고 있었다.

투석기는 크라켄 전에서 운용하는 데 단점이 많아 중간에 포기했다.

그래도 이번에는 날린 게 바위였지만, 다른 걸 날리는 식으로 다양하게 운용할 수 있겠다고 혼자 생각하고 있자니 뮤우와 세이 누나가 다가왔다.

"윤 언니! 왜 그런 곳에서 멍하니 있어! 같이 놀자!"

"뮤우. 아니 조금 피곤하다 싶어서."

"쉴 거면 같이 파라솔 아래에서 쉬자."

세이 누나는 크라켄 전투 전에 정리했던 파라솔과 시트가 다시 펼쳐진 쪽을 손가락으로 가리키고 있었다.

"그래. 그럴까?"

나는 뮤우와 세이 누나가 한 말대로 모래사장에서 일어나 두 사람을 따라갔다.

"윤 언니는 크라켄이 뭘 드롭했어?"

"응? 그러고 보니 아직 확인을 안 해봤네."

메뉴를 띄워서 크라켄의 토벌 로그를 확인해보니 아이템을 두 개 얻은 모양이었다.

하나는 크라켄 첫 토벌 성공 보수로 얻을 수 있는 중요한 아이템이었다.

[해황 오징어의 메달] (중요 아이템)

크라켄을 토벌한 자에게만 주어지는 크라켄의 눈 수정체를 가공하여 만든 메탈. 크라켄에게 종속된 MOB들이 상시 비선공화하며 물가에서 아이템을 수집할 확률이 2퍼센트 상승한다.

초특급 MOB인 그랜드 록의 체내 던전 퀘스트를 클리어했을 때 얻었던 [육황귀의 메달]과 비슷한 효과였다.

희미하게 비쳐보이는 푸르스름한 메달인데, 햇빛 각도에 따라 색이 미묘하게 바뀌어서 아름다웠다.

이 아이템을 위해 크라켄 토벌에 참여했으니 얻을 수 있어서 기쁘다.

그리고 또 하나의 아이템은 토벌했을 때 드롭된 아이템이었다.

"음, 얻은 아이템은 [해황 오징어의 메달]하고——, [크라켄의 외투막]?"

"오, 윤 언니는 당첨인 아이템이네!"

인벤토리에서 꺼낸 크라켄의 외투막은 적자색 비닐처럼 질감이 미끌미끌한 소재였다.

나는 그 아이템의 스테이터스를 확인하고 내게 유용하다는 걸 이해했다.

"앗, 방어구나 액세서리 계열 강화 소재구나."

"윤 언니 같은 경우에는 방어구에 [인식 저해] 계열 강화 효과를 부여했으니까 그걸 강화하는 데 쓸 수 있을 거야."

평소에 사용하는 방어구인 오커 크리에이터와 액세서리 취급인 [몽환의 주민]이라는 망토에는 [인식 저해]의 상위인 [인식 방해]가 부여되어 있고, 이걸 더 강화하는 데 써먹을 수 있는 것 같다.

"좀 기쁜데. 다음에 클로드에게 부탁해서 넣어달라고 할까? 그런데 뮤우하고 세이 누나는 뭘 얻었어?"

"나는 크라켄의 뼈야. 생산 소재이긴 한데, 어떻게 써야 할지 모르겠으니까 다음에 마기 씨에게 가지고 가보려고."

뮤우가 그렇게 말하며 꺼낸 것은 하얗고 탁한 색이면서

얇고 폭이 넓은 뼈였다.

"나도 크라켄의 뼈였어. 사실 희귀한 강화 소재가 더 욕심 났는데──."

어흐흑, 그렇게 말하며 어깨를 늘어뜨리는 세이 누나를 보고 나는 평소처럼 물욕 센서가 발동되어서 못 얻었구나 생각하며 쓴웃음을 지었다.

"이봐~, 세이! 뮤우하고 윤 아가씨, 좀 쉬고 난 다음에 여기서 또 놀자고!"

미카즈치가 비치 파라솔 아래에서 손을 흔들며 우리를 부르고 있었다.

"세이 언니도 계속 그렇게 풀 죽어 있지 말고 로그아웃했다가 여기에서 또 놀자!"

"그래, 그래야지."

우리는 함께 미카즈치 일행이 있는 파라솔 옆에서 대기 상태로 로그아웃했다.

현실에서 미우와 점심 식사한 다음, 뮤우가 한발 먼저 로그인했고, 설거지 같은 것들을 하느라 나도 뒤늦게 로그인했다.

"음, 앗, 으~!"

비치 파라솔 아래에서 웅크려 앉은 자세로 로그아웃했기 때문에 로그인했을 때 뭉친 몸을 펴기 위해 기지개를 켰다.

내가 대기 상태에서 이제 막 깨어난 눈으로 주위를 둘러보자 파라솔 주위에 커다란 그림자가 드리워져 있었다.

그 그림자의 본체를 보기 위해 시선을 움직이자 로그아웃하기 전엔 없었던 거대한 건물이 세워져 있었다.

"……이게 대체 뭐지?"

돌을 토대로 삼아 얼음 미끄럼틀이 구불구불 뻗어 있는 그 건물은 신비하면서도 왠지 본 적이 있는 것 같았다.

"아~, 윤 언니, 이제야 일어났네!"

바다 쪽에서 커다란 튜브를 끌어안고 있던 뮤우가 나를 보고 소리쳤다.

"이거 어때! 세이 언니의 빙속성 마법하고 마미 씨의 토속성 마법으로 만든 거대 슬라이더! 투석기가 망가져서 탈 수가 없으니까 만들어달라고 했어!"

그렇게 말하고 한발 먼저 휴식을 마치고 다시 로그인한 세이 누나와 마미 씨가 만들었다고 자랑하던 뮤우가 내 손을 잡았다.

"같이 거대 슬라이더 타자! 분명히 재미있을 거야!"

『──꺄아아아아아아아아아아아악!』

그 직후, 뮤우 뒤에서 맹렬한 기세로 슬라이더를 타며 비명을 지르는 미니츠 씨와 마미 씨의 목소리가 들렸다.

한쪽은 즐거운 목소리, 다른 한쪽은 공포에 질린 비명이었기에 나는 몸이 굳었다.

"나, 나는 됐어. 뮤우 혼자 재미있게 타고 와."

"어~, 혼자서 타면 재미없어~. 그리고 슬라이더의 속도가 너무 빨라서 혼자 튜브를 타면 너무 가벼우니까 커브에서 날아가 버리거든. 봐——."

『아아아아아아아아아아앗!』

뮤우가 그렇게 말하며 손가락으로 가리킨 곳에는 슬라이더 커브를 미처 돌지 못하고 튜브와 함께 날아간 간츠가 곧바로 수면에 떨어지고 있었다.

투석기를 타고 날아갈 때는 착수할 때 충격을 억누를 수 있게끔 몸의 좁은 면적부터 들어갔었지만, 이번에는 몸 앞쪽으로 부딪치는 듯이 떨어졌다.

그 결과 간츠는 큰 지형 대미지와 [기절] 상태이상에 걸려 후미 수면 위에 떠 있었다.

그 광경을 보고 멍해진 나는 곧바로 정신이 번쩍 들어서 뮤우를 타일렀다.

"뮤우, 저 슬라이더는 위험하잖아! 떨어지기라도 하면 큰일이야!"

"괜찮아, 괜찮아! 어지간하면 저런 일은 없을 테니까!"

"싫~어~어!"

나는 저항했지만, ATK 스테이터스가 높은 뮤우에게 밀려서 질질 끌려가 얼음 건물 안으로 들어가게 되었다.

주위 사람들이 따스한 눈초리로 바라보는 가운데 건물 안으로 들어가자 돌벽으로 기초를 만들고 얼음으로 덮어서 어둑어둑하고 추웠다.

그래서 뮤우가 《라이트》 마법으로 불빛을 비추며 돌계단을 올라가자 10미터 정도 높이에 있는 슬라이더 입구에 도착했다.

"자, 윤 언니, 가자!"

큰 튜브를 내려놓은 뮤우가 앞쪽에 탔고, 뒤쪽에 내가 앉으라며 재촉했다.

"젠장……."

나는 튜브 가장자리에 살짝 앉았지만 뮤우가 말렸다.

"그렇게 앉으면 넘어져. 자, 이렇게 나한테 딱 붙어!"

"그, 그래!"

뮤우가 내 손을 잡고 뒤에서 끌어안는 듯이 배 앞쪽까지 손을 끌어당겼다.

뮤우가 껴안는 경우는 많지만 이렇게 내가 끌어안으니 왠지 조금 쑥스러웠다.

"그럼 간다! 고~!"

"잠깐, 으앗?!"

속도를 내기 위해 경사가 가파른 얼음 슬라이더를 튜브와 함께 단숨에 미끄러졌다.

나는 반사적으로 뮤우를 끌어안고 있던 팔에 힘을 주었고, 슬라이더 양쪽으로 흔들리는 움직임을 견뎌내게끔 눈을 감았지만, 점점 익숙해졌기에 눈을 조심조심 떴다.

"앗, 예쁘네……."

세차게 미끄러지자 물방울과 얼음 입자가 떠오른 채 공중에서 반짝반짝 빛을 반사하며 뒤쪽으로 멀어져갔다.

그리고 높은 위치에서 보이는 섬 후미 광경에 감동했다.

"윤 언니, 어때? 재미있어?"

"응, 재미있어. 고마워."

고개를 뒤쪽으로 기울이며 돌아보는 뮤우에게 그렇게 대답하자 에헤헤, 그렇게 웃으며 기뻐했다.

하지만 그런 우리가 가장 큰 커브를 돌아서 나온 끝에 기다리고 있던 것은──.

"잠깐, 뮤우! 앞쪽 봐! 앞쪽! 저기, 슬라이더가 끊어졌는데!"

"아, 얼음이라 녹아서 떨어져버렸나?"

"그렇게 느긋하게 말하고 있을 때야아아아아!"

세차게 슬라이더를 미끄러지는 튜브를 타고 있던 우리는 그대로 공중으로 날아갔다.

한순간 무중력 느낌이 드는 와중에 나는 뮤우를 놓치지 않게끔 뒤에서 끌어안았다.

"꺄아아아아아악!"

"크윽──, 《존 키네시스》!"

뮤우가 기쁜 듯이 자유낙하하며 소리를 지르는 와중에 나는 나 자신과 뮤우를 대상으로 염동 스킬을 발동시켰다.

"으아앗! 윤 언니, 날고 있어, 날고 있다고!"

염동 스킬로 중량을 경감시킨 우리는 슬라이더에서 튀어나온 기세를 살리며 활공했다.

뮤우는 그 활공 상태에 흥분했지만, 《키네시스》를 유지하고 있던 나는 대답할 여유도 없었다.

그리고 튜브가 수면에 닿자 크게 물보라를 일으켰고, 그

제야 숨을 돌렸다.

"……윤 언니, 재미있었어. 한 번 더!"

"절대로 안 타!"

뮤우가 눈을 반짝이며 말했지만, 나는 딱 잘라 거절했다.

이번에는 딱히 긴장하지도 않고 무난하게 레이드 보스인 크라켄을 토벌했는데, 마지막에는 뜻밖에도 심장에 안 좋은 체험을 해서 혼자서 한숨을 내쉬게 되었다.

4장   금속 찰흙과 아다만타이트

크라켄을 토벌한 다음에 섬 후미에서 놀다가 지친 내가 슬슬 로그아웃하려던 때, 뮤우가 불러세웠다.

"윤 언니, 코하쿠가 의논하고 싶은 게 있다는데."

"코하쿠가 나한테 의논을?"

내가 되묻자 뮤우가 자리를 양보하려는 듯이 물러섰고, 코하쿠가 앞으로 나왔다.

"윤 씨 저번에 내하고 한 약속, 기억한당가?"

고개를 갸웃거리며 물어보는 코하쿠를 보고 나는 무슨 약속을 했었나 생각하다가 기억해냈다.

"앗, 혹시 나비가 들어간 호박을 써서 액세서리를 만들자는 이야기야?"

"그라제! 기억해줘서 참말로 기쁘구만!"

예전에 코하쿠가 [나비가 든 앰버]……라는 신기한 보석을 손에 넣었을 때, 액세서리를 만들 때 내게 부탁한다고 약속했었다.

"크라켄 토벌 레어 드롭으로 [물짐승의 성장석]이라는 강화 소재가 있는디. 그걸 얻은 거여."

코하쿠가 꺼낸 것은 유백색 별 모양 돌이었다.

나이테처럼 여러 층으로 겹쳐진 층이 들어가 있는 [물짐승의 성장석]은 수속성 강화 소재 중 하나인 모양이었다.

"이걸 액세서리에 써가꼬 [수속성 향상] 추가 효과를 넣고 싶은디. 다른 수속성 소재도 몇 가지 준비할 거고."

"알았어. 약속한 대로 액세서리 제작을 맡을게. 소재나 만드는 법은 다음에 [아트리엘]에서 이야기하자."

"윤 씨, 고마워."

코하쿠는 안도의 한숨을 쉬었다.

"원하는 게 더 있어? 최대한 맞춰줄 생각인데."

"음~. 딱히 생각나는 게 없는디."

턱해 손을 대고 고민하던 코하쿠를 보고 뮤우 파티의 루카토와 히노도 끼어들었다.

"코하쿠, 새 액세서리를 만들어달라고 하는 거야? 부럽다. 나도 만들어줬으면 하는데."

"윤 씨의 가게에 장식된 액세서리를 봤는데 전부 품질이 좋아서 인기가 많죠."

히노는 코하쿠가 새 액세서리를 만드는 걸 부러워했고, 루카토는 내가 만든 액세서리를 칭찬해주었다.

마기 씨가 추천해줘서 [아트리엘]에 액세서리 전시용 쇼케이스를 마련했는데, 그걸 보고 칭찬해주니 조금 기뻤다.

"저번에 새 생산 소재를 얻었는데, 그걸 시험해볼 겸 다른 사람들 액세서리도 만들어줄까?"

"어, 그래도 되나요?"

"지금까지와는 다른 방식으로 만들 예정이라 이것저것 의논하고 싶거든."

내가 루카토 일행에게 그렇게 제안하자 기쁜 듯이 미소를 지었다.

"저기, 저기, 윤 언니……."

그리고 뮤우가 안절부절못하고 있는 모습을 보고 뮤우의 머리에 살짝 손을 얹었다.

"물론 뮤우 것도 만들어줄게. 뭐, 디자인은 나중에 정하게 되겠지만."

"앗싸! 윤 언니, 정말 좋아!"

이런 걸로 기뻐하다니, 약삭빠르네, 나는 그렇게 생각하면서 활기차게 이야기를 나누고 있는 뮤우 일행을 바라보았다.

그로부터 며칠 뒤──, 내가 뮤우 일행에게 만들어줄 액세서리에 필요한 도구와 소재를 [아트리엘]의 공방에서 확인하고 있자니 쿄코 씨가 나를 부르러 왔다.

"윤 씨, 뮤우 씨 일행이 오셨어요."

"쿄코 씨, 고마워. 바로 갈게."

나는 도구와 소재를 들고 점포로 갔다.

그곳에서는 뮤우 일행이 카운터석에 나란히 앉아서 쿄코 씨가 내준 차를 마시며 나를 기다리고 있었다.

"미안해, 뮤우. 오래 기다렸어?"

"아니, 방금 왔어. 그건 그렇고 오늘은 액세서리 제작 잘 부탁해."

"그럼 이걸 봐줘. 오늘 쓸 도구도 마련해두었어."

나는 탁한 은색 덩어리를 꺼내서 손으로 잘라 모두에게 건네주었다.

　뮤우 일행이 손가락으로 누르거나 형태를 바꿔가며 감촉을 확인하고 있자니 루카토가 물었다.

　"윤 씨, 이게 뭐죠?"

　"그건 미스릴 주괴 분말하고 [엑토플라즈마 클레이]를 섞어서 만든 금속 찰흙이야. 이걸로 형태를 잡아서 구워낸 다음 연마하면 액세서리가 되는 거지."

　나는 미리 만들어둔 액세서리를 몇 개 꺼냈다.

　심플한 반지와 찰흙의 성질을 이용하여 꼬아서 만든 반지, 그리고 반지들이 교차되어 있는 액세서리.

　반지와 받침대를 따로 만들고 접합제 대신 금속 찰흙을 발라서 구워내어 일체화시킨 반지 같은 것까지 여러 종류가 있었다.

　"오늘은 코하쿠의 액세서리를 만드는 게 목적이니까 너희들 거는 제대로 봐줄 수 없겠지만, 이 금속 찰흙으로 마음대로 형태를 잡아봐. 형태가 완성되면 [마도로]로 구워내서 완성시킬 테니까."

　오늘 액세서리 제작에 관해 설명하자 자기 마음대로 액세서리를 만들 수 있다는 사실을 이해한 뮤우와 히노가 오오오, 감탄하며 소리를 냈다.

　그런 와중에 토우토비가 질문하기 위해 조심조심 손을 들었다.

"……저기, ……저희는 [세공] 계열 센스가 없는데 액세서리를 만들 수 있는 건가요?"

그 말을 듣고 정신이 번쩍 든 뮤우와 히노를 보고 내가 괜찮다고 대답했다.

"이 금속 찰흙으로 액세서리를 만들 때 [세공] 계열 센스가 필요한 건 금속 찰흙의 배합과 구워내기, 연마하는 과정 때뿐이니까 그것만 내게 맡겨주면 확실하게 만들 수 있어."

"……그런가요? 다행이네요."

의문이 풀린 토우토비는 안심하는 듯 미소를 지었다.

"뭐, 액세서리 형태를 잡을 때 [세공] 센스 보정이 없으면 실용성을 살릴 수 없으니까 기념품처럼 되려나?"

나는 이날을 위해 타쿠에게 사들인 [엑토플라즈마 클레이]를 마기 씨네 가게인 [오픈 세서미]로 가져가 마기 씨와 함께 금속 찰흙으로 액세서리를 만들 때 주의할 점에 대해 알아보았다.

금속 찰흙을 구워낼 때는 [엑토플라즈마 클레이]가 빠지면 부피가 조금 줄어들고 금속 찰흙이 녹아서 형태가 유지되기 때문에 거푸집을 이용해서 만드는 주조 액세서리에 가깝다는 것을 설명했다.

액세서리의 성능은 평범한 정도지만, 지금까지 만든 것들보다 디자인을 만들기 편하고, 무엇보다 해머로 액세서리의 형태를 대폭으로 다듬을 필요가 없다.

그렇기 때문에 같은 종류의 금속 액세서리보다 가공 난이도가 내려간 것이 특징이다.

내가 설명을 마치자 뮤우가 만들자~! 하고 미스릴 금속 찰흙을 주무르기 시작했고, 히노는 내가 마련해 둔 도구를 써서 액세서리를 만들기 시작했다.

뮤우는 기사의 상징으로 검과 방패를 조합한 펜던트를 만들기 위해 시행착오를 겪고 있었다.

히노는 자신의 손가락보다 더 두꺼운 나무 막대기에 금속 찰흙을 감아서 두꺼운 반지를 여러 개 만든 다음 합체시켜 나갔다.

그리고 합체시킨 반지 측면에 금속 찰흙으로 삼각뿔 가시를 만들어서 붙이는 등, 아무리 봐도 액세서리가 아니라 너클 같은 거였다.

루카토와 토우토비는 화기애애한 분위기로 작고 심플한 반지를 만드는 것 같았다.

자른 금속 찰흙을 굴려서 얇은 막대기 모양으로 만든 다음, 그걸 나무 막대기에 감고 물에 적신 손가락 끝으로 찰흙의 형태를 잡고 틈새를 메꿔서 표면을 매끄럽게 만들어나 갔다.

그리고 리레이는――.

"후후훗, 좋네요. 테이블에 가슴을 얹고 몸을 앞으로 내미는 포즈, 왠지 야해요. 눈 보신이네요, 눈 보신."

뮤우와 히노의 진지한 옆얼굴과 몸을 앞으로 내밀고 작업하는 루카토와 토우토비의 가슴 근처를 열심히 바라보던 리레이는 손 근처에 가져다둔 금속 찰흙으로 무언가를 만들려는 기색이 없었다.

"리레이, 니도 그냥 좀 즐기라고."

"후후훗, 어쩔 수 없네요. 일단 제 취향에 맞는 액세서리를 만든 다음에 여러분의 옆얼굴을 바라보도록 할까요."

코하쿠에게 혼난 리레이는 다른 사람들보다 늦게 손 근처에 있던 금속 찰흙 쪽으로 손을 뻗은 다음 뭘 만들지 잠시 생각하고 나서 망설임 없이 내가 갖추어둔 도구를 쓰기 시작했다.

그렇게 모두가 조용히 금속 찰흙으로 액세서리를 만들기 시작했기에 나는 코하쿠와 함께 액세서리에 대해 의논하기 시작했다.

"자, 코하쿠. 우리도 만들 건데, 어떤 디자인이 좋아?"

"저번에 말했던 것처럼 나비가 든 앰버를 잘 살린 디자인이 좋은디……"

"그렇다면 보석이 중심이겠네."

나비가 든 앰버는 크기가 큼직했기에 펜던트 장식 같은 것에 어울리는 디자인으로 범위가 좁아진다.

"그래, 예를 들어서 이렇게 금속 찰흙으로 제대로 된 받침대를 만드는 쪽하고 얇은 막대기 형태로 늘린 찰흙으로 보석을 고정만 하는 거, 둘 중 어느 쪽이 더 낫겠어?"

제대로 된 받침대를 만드는 쪽은 받침대의 측면과 여백, 뒤쪽 등에 자잘한 장식을 넣을 여유가 생긴다.

얇은 막대기 모양 찰흙을 쓰는 쪽은 보석이 눈에 더 잘 띄는 한편, 장식 등을 넣을 여유는 별로 없다.

내가 종이에 기본적인 디자인을 두 종류 그려서 보여주자 코하쿠는 생각에 잠겼다.

"그려, 내는 정신 사나운 걸 별로 안 좋아하니께, 얇게 편 점토로 만드는 게 나을 것 같은디."

"디자인 쪽으로 주문할 게 있어?"

"그라믄 전통 분위기로 부탁하고 싶은디. 내는 옷차림이 이러니께 서양 쪽 디자인은 안 어울릴 거여."

"그러면 보석을 고정하는 틀은 식물 느낌이 나는 게 괜찮지 않을까? 이런 느낌으로 끄트머리가 둥글거나 작은 잎이나 꽃 장식을 넣을 수 있는데."

내가 코하쿠에게 어울릴 만한 당초 무늬 같은 디자인을 그려서 보여주자 코하쿠의 표정이 화악 밝아졌다.

"좋네! 그라믄 이 전통 무늬는 못 넣는당가?"

코하쿠는 스크린샷 사진을 내게 보여주었다.

그것은 화투 같은 것에서 볼 수 있는 싸리꽃 무늬였고, 특징을 알아보기 편해서 곧바로 디자인에 넣어보았다.

"그러면――, 이런 느낌이 될 텐데, 어때?"

"이거여! 이런 느낌인 액세서리를 가지고 싶었당께! 이 액세서리믄 내 부채에 달아도 위화감이 없을 것이고!"

보석 펜던트 장식 디자인에 장식 끈을 달아서 부채에 연결한 그림을 그리자 이미지에 딱 맞는지 신기하게도 코하쿠가 흥분했다.

그 모습을 보고 나는 쓴웃음을 지었고, 다른 사람들도 신경 쓰였는지 코하쿠에게 건넨 액세서리 디자인을 들여다보았다.

그런 우리 모습을 본 코하쿠가 헛기침을 하고 평소처럼 행동했다.

"앗……, 어흠. 내도 참, 조금 흥분해부렀네."

"디자인만으로도 기뻐해줘서 다행이야. 그럼 만들어볼까?"

나는 코하쿠와 함께 이미지에 맞게끔 펜던트 장식을 만들기 위해 금속 찰흙을 반죽하기 시작했다.

싸리 가지와 나뭇잎 이미지로 프레임을 만들고 거기에 나비가 든 앰버를 끼울 디자인이 정해졌기에 지금부터 만들 예정인데, 문제가 있다.

"근디, 윤 씨. 입체적으로 잘 만들라믄 힘들지 않것어?"

"그런 경우에는 이걸 쓰는 거지."

내가 꺼낸 것은 금속 와이어였다.

"와이어로 입체적인 뼈대를 만들고 그 주위를 금속 찰흙으로 보강하면——."

"그라믄 형태를 고정할 수 있것네! 근디 그라믄 다른 소재가 섞이는 것 아니여?"

"그래서 심지로 미스릴 와이어를 쓸 거야. 중심 소재와 금속 찰흙이 양쪽 다 같은 미스릴이니까. 금속 찰흙의 미스릴 분말이 잘 녹아서 달라붙겠지. 뭐, 구워낼 때 금속 찰흙이 줄어들 테니까 그것까지 예상하고 두툼하게 붙일 필요가 있겠지만."

금속 찰흙이 부족하면 줄어들었을 때 뼈대로 삼은 와이어에 달라붙어서 금이 가게 된다.

금속 찰흙을 조금 두껍게 붙여도 연마 단계에서 미세하게 조정하면 보석을 끼울 부분은 문제가 없다.

"자, 입체적인 디자인은 코하쿠가 정하고, 내가 금속 찰흙으로 살을 붙일게."

"부탁합니다."

그렇게 나와 코하쿠는 협력해서 액세서리를 만들었다.

미스릴 와이어로 두꺼운 줄기를 하나 마련하고, 그 줄기에서 가지가 갈라져 나오는 것처럼 얇은 와이어를 이어붙여 나갔다.

그렇게 대충 형태를 만들고, 나는 뼈대 와이어에 끼울 보석이 딱 맞게끔 조정하면서 금속 찰흙을 두껍게 붙이고 디자인 나이프로 싸리잎과 꽃무늬를 새겨넣기 시작했다.

●

"저기, 윤 언니."

"왜 그래? 뮤우."

우리는 조용히 [아트리엘]의 카운터석에 앉아서 금속 찰흙의 형태를 잡아나가고 있었다.

뮤우와 히노는 첫 번째 액세서리를 만든 다음 지쳤는지 금속 찰흙을 만지작거리다가 무너뜨리는 걸 반복하고 있었다.

"이건 미스릴 금속 찰흙인데, 다른 금속으로도 만들 수 있어? 예를 들어서 블루라이트강 분말도 섞으면 미스릴 합금이 돼?"

"그런 방법으로 합금을 만드는 건 품질이 균일하지 못할 테니까 추천할 수가 없겠는데. 꼭 만들 거라면 미스릴 합금 주괴를 분말로 만들어서 [엑토플라즈마 클레이]하고 섞는 게 낫겠지."

앞뒤 순서에 따라 결과가 달라지기 때문에 금속 찰흙의 작업 공정은 꽤 중요하다.

"그런데 말이야. 우츠강처럼 부스러기 형태인 금속도 있잖아! 마법 금속 두 종류하고 금속 찰흙을 부스러기 형태로 섞으면 예쁜 마블 무늬가 나오지 않을까?"

"형태를 잡을 수는 있겠지만, 그러지 않는 게 좋을 거야."

"왜?"

"비율이나 상성이 안 좋으면 구워냈을 때 금속이 터지거든."

우츠강 같은 무늬를 내려면 일부러 금속 찰흙 안에 군데 군데 쇠가루와 적층탄 가루 등을 섞어서 구워낸 다음 연마하면 만들 수 있긴 하다.

하지만 속성이 다른 마법 금속을 혼합할 때는 상성이 중요하다.

"예전에 마기 씨하고 속성 금속들을 단접할 때, 단접제 대신 마법약을 그사이에 넣어서 잘 정착시켰어. 하지만 그래도 화속성과 수속성, 풍속성과 토속성, 광속성과 암속성처럼 서로 반발하는 속성의 마법 금속을 한데 합치지는 못했거든."

내가 설명하자 뮤우뿐만이 아니라 루카토와 히노, 토우토비도 작업을 멈추고 진지하게 이야기를 듣고 있었다.

"다른 마법 금속들을 마법약으로 단접해서 만드는 방법은 마법약의 거센 연소력을 이용해서 순간적으로 일부를 녹이고 외부에서 두들겨서 형태를 다듬는 거야. 하지만 금속 찰흙에 마법약을 섞어서 구워내면 그 연소력이 너무 강해서 액세서리 모양을 유지할 수가 없거든."

그렇게 되면 액세서리로서는 실패다.

"못 만드는구나. 아쉽네……."

"뭐, 금속 찰흙 두 종류로 만든 반지를 접합시키면 이런 형태도 만들 수 있지만."

나는 얇은 붉은색 고리와 노란색 고리가 교차되어 있고 그 교차지점이 흰색 받침대로 이어져 있는 팔찌를 꺼냈다.

지염의 크로스링 [장식] (중량 : 2)
DEF+7, MIND+15
추가 효과 : [화속성 향상(소)] [토속성 향상(소)] [광속성 향상(소)]

"레드라이트하고 그란라이트 금속 찰흙으로 각각 고리를

만들고 접합 부분에 서로 반발하지 않는 속성의 마법 금속을 잘 접합시키면 만들 수 있어. 뭐, 내구도 자체는 조금 낮지만 말이야."

내가 실물을 꺼내서 보여주자 뮤우와 히노가 눈을 반짝였다.

"오오! 그렇게 만드는 방법도 있구나! 윤 언니! 다른 종류 금속 찰흙도 꺼내줘!"

"아쉽지만, 기반으로 쓸 [엑토플라즈마 클레이]는 얼마 안 남아서 안 돼."

이번에는 소재가 없으니까 포기하라고 말하자 뮤우는 입술을 삐죽댔지만, 잠시 후에 납득해 주었다.

"알았어. 그럼 이번에는 포기할게. 그리고 좀 피곤해!"

"뭐, 처음하는 작업이니까 집중력이 오래 가지 않겠구나. 다들 작품 만들었어?"

"네, 윤 씨. 일단 하나 만들었어요."

"그럼 전부 모아줘. ──《건조》!"

나는 한곳에 모은 뮤우 일행의 금속 찰흙 작품을 [조합] 스킬의 《건조》로 말렸다.

모두가 무사히 액세서리를 만들어나가는 와중에 나를 가장 놀라게 한 건 리레이의 작품이었다.

"후후훗, 어떤가요?"

"리레이, 이 디자인 대단한데?"

리레이가 만든 건 두 개가 한 쌍인 페어 링이었다.

다르게 생긴 반지를 나란히 놓고 보면 형태와 표면에 새겨진 무늬가 어울려서 하나의 반지 형태가 된다.

"후후훗, 이렇게 페어 링 분위기로 만들어서 한 쌍인 반지를 낀 미소녀와 이어져 있는 것 같은 기분이 든다──, 그런 컨셉으로 만들었어요."

"디자인은 참말로 멋진디, 이유는 여전하네."

코하쿠가 어이없다는 듯이 태클을 걸자 항상 이런 이야기를 듣곤 하는 뮤우 일행이 쓴웃음을 지었다.

그런 와중에 말린 액세서리를 본 뮤우와 토우토비가 소리쳤다.

"아아아아앗──, 내 작품에 금이 갔어!"

"……제 작품은 찰흙을 이어붙인 부분이 눈에 띄네요."

뮤우와 토우토비가 만든 작품은 표면에 간 금과 이음매 틈새가 눈에 띄었다.

"윤 언니, 이건 실패해버린 거야?!"

"아직 괜찮아. 금속 찰흙 재료를 붙여서 보수하면서 금이 간 부분이나 이음매를 눈에 띄지 않게끔 할 수 있어. 그걸 다시 말리고 살짝 연마해서 다듬는 거야."

나는 말려서 딱딱해진 뮤우와 토우토비의 작품에 완전히 건조시켜서 가루 모양으로 만든 미스릴 금속 찰흙에 물을 잔뜩 넣어서 반죽 모양으로 만든 것을 붙여서 보수했다.

그렇게 금속 찰흙에 간 금과 이음매, 그 밖에도 모서리를 다듬어서 매끈하게 만들기 위해 모든 작품을 살짝 연마해서 다듬은 다음 구워내기 단계에 들어갔다.

"윤 언니. 이제 구워서 연마하면 완성이야?"

"자잘한 수정 작업 같은 게 있긴 한데, 기본적으로는 그게 전부야."

나는 내열성이 있는 미스릴 세라믹 받침대에 철망을 얹고 그 위에 뮤우 일행의 작품을 늘어놓은 다음, 튀어 오르지 않게끔 철망 커버를 씌웠다.

"이제 [마도로]로 5분 정도 구워내면 완성이지."

"5분은 너무 짧은 것 같은데, 그렇게 금방 나와?"

내가 뮤우 일행의 금속 찰흙 액세서리를 [마도로]로 옮기면서 설명하자 히노가 그런 질문을 던졌다.

"평범한 대장장이 작업이나 세공은 금속 주괴를 부드럽게 만들어서 형태를 바꾸어 나가니까 시간이 오래 걸리지만, 금속만 녹이는 데는 시간이 별로 안 걸리거든."

미리 찰흙으로 형태를 만들어두었기에 필요한 수정작업만 따지면 구워냈을 때 미묘하게 뒤틀린 부분을 고치는 것뿐이다.

그리고 나는 미스릴을 가공하는 온도까지 높인 [마도로]에 금속 찰흙 작품을 넣고 구워냈다.

화로의 고온에 달궈진 금속 찰흙은 연결고리 역할인 [엑토플라즈마 클레이]가 빠지자 줄어들었고, 금속 분말들이 녹아서 달라붙기 시작했다.

뮤우 일행은 5분 동안 내 뒤에서 걱정스러운 표정으로 새빨간 화로 안을 바라보고 있었다.

그리고 구워낸 금속 찰흙 액세서리를 꺼내 식히면서 굳어지기를 기다렸다.

"와, 정말로 줄어들었네! 우리 작품!"

나는 [엑토플라즈마 클레이]가 불타서 표면이 하얘지기는 했지만 뮤우 일행의 작품이 갈라지지 않고 성공했다는 것을 확인했다.

"이걸 연마해나가면 예쁜 은색 미스릴이 나올 거야. 지금부터는 수수한 조정 작업을 할 거라 너희가 도울 게 없겠지만, 이대로 계속 견학할래?"

모두의 액세서리를 그냥 연마하기만 하면 지루해질 것이다.

그리고 뮤우 일행이 도울 만한 건 이제 없었기에 어떻게 할지 물어보았다.

내가 묻자 뮤우 일행이 두 가지 의견을 제시했다.

"그렇군요. 저희가 여기에 있어도 할 일이 없을 것 같은데, 어떻게 할까요?"

고민하는 루카토를 보고 히노가 손을 들고 내게 물었다.

"저요~! 윤 씨의 약초밭을 구경하고 싶은데, 괜찮을까?"

"……앗, 저도 예전부터 신경 쓰였어요. 봐도 되나요?"

히노와 토우토비가 기대에 가득 찬 눈초리로 바라보자 나는 고개를 끄덕였다.

"그럼 쿄코 씨에게 부탁해서 안내해달라고 해. 구경이 끝나면 차와 과자를 내달라고 쿄코 씨에게 부탁해둘게."

내가 허가를 내주고 쿄코 씨에게 차를 준비해달라고 하자 히노와 토우토비가 기뻐했다. 진지한 루카토는 조금 미안하다는 표정을 지었지만, 그래도 생생한 약초밭을 견학할 수 있게 되고 차와 과자까지 내준다는 이야기를 들으니 기쁜 듯이 미소를 짓고 있었다.

"음~. 나는 좀처럼 볼 수 없는 윤 언니의 생산 활동 모습을 구경하고 싶은데."

"내는 주문한 액세서리를 만드는 모습을 볼 거여."

그리고 뮤우와 코하쿠는 여기 남아서 금속 찰흙 액세서리를 연마하는 모습을 구경할 모양이었다.

중간에 질리면 [아트리엘]의 약초밭에 루카토 일행이 있어서 바로 합류할 수도 있다.

마지막까지 의견을 말하지 않고 고민하던 리레이는——.

"후후훗, 미소녀가 세 명씩 나뉘어서 어느 쪽에 끼어도 즐거울 것 같지만……, 이번에는 루카토 양에게 붙도록 하죠."

"리레이, 니는 항상 쓸잘데 없는 말이 한마디 많아. 그리고 루카토 같은 애들헌티 폐 끼치면 안 되고."

그렇게 코하쿠의 태클이 날아가자 모두가 웃는 와중에 나와 뮤우, 코하쿠는 네 사람이 약초밭으로 향하는 모습을 바라보았다.

"자, 뮤우하고 코하쿠가 남았으니까 두 사람 액세서리를 먼저 마무리할까?"

"이렇게 액세서리를 만드는 모습을 볼 기회가 없었으니까 기대돼."

"그라제. 그럼 부탁합니다."

뮤우가 그렇게 말하자 코하쿠가 맞장구를 치며 액세서리 심볼을 장식할 나비가 든 앰버를 내게 건넸다.

"우선 코하쿠 거부터."

내가 연마제로 액세서리를 갈자 하얀 표면이 깎여나가고 은색 미스릴이 모습을 드러냈다.

받침대 고리를 여러 번 갈아서 나비가 든 앰버를 끼우고 미세하게 조정하기 위해 빼냈다.

가끔 부드러운 소재를 머리 부분에 넣은 작은 해머로 두들겨서 미세하게 조정하고, 싸리잎 끄트머리와 꽃 끄트머리에 색을 넣어 건조시켰다.

마지막으로 나비가 든 앰버를 다시 끼우니 완성되었다.

"좋았어, 코하쿠 거는 완성이야. 이제 추가 효과를 부여할 건데, 원하는 거 있어?"

[부가술사] 센스의 《물질 부가》 스킬과 [조금사]가 부여하는 기초적인 추가 효과, 그리고 강화 소재를 소비해서 원하는 추가 효과를 넣을지 물어보았다.

"음~, 마법 계열 보너스 같은 것도 있으면 좋겠는디, 나중에 [풍속성 향상] 부여도 할 걸 생각하믄 슬롯 여유가 없네. 일단 [수속성 향상]으로 부탁합니다."

코하쿠는 그렇게 말하고 인벤토리에서 [물짐승의 성장석] 말고도 수속성 강화 소재 몇 가지를 꺼냈다.

나도 에밀리 양에게 산 수속성 [속성석]을 강화 소재로 써서 [수속성 향상] 추가 효과를 부여해 나갔다.

"좋았어, [수속성 향상(대)]가 붙었다. 이제 이름을 붙이면 끝이야."

"아~, 이름 말이제."

내가 물어보자 코하쿠는 위쪽을 올려다보며 생각에 잠겼다.

"음~. 나비가 든 호박을 써서 만든 액세서리니께 어떤 이름이 좋을랑가."

호박, 나비, 호접, 싸리꽃……, 수속성이니까 포말이나 꿈……, 그렇게 중얼거리고 있었다.

"그려, [호박접의 꿈]으로 부탁드립니다."

"호박하고 호접, 그리고 호접지몽까지 고려했구나. 괜찮은 이름인 것 같은데."

내가 코하쿠가 원하는 대로 이름을 등록하자 액세서리가 완성되었다.

호박접의 꿈 [장식품] (중량 : 1)
DEF+5, INT+15, MIND+10 추가 효과 [수속성 향상(대)]

"자. 펜던트 장식이긴 하지만, 부채 장식으로 쓴다고 했지? 그럼 클로드네 가게에서 끈을 주문하면 괜찮은 걸 골라줄 거야."

"윤 씨, 고마워."

코하쿠는 기쁜 듯이 싸리를 모티브로 삼아 만든 받침대에

호박이 박혀 있는 액세서리를 받아들었다.

"윤 언니. 다음은 내 거!"

"그래, 그래. 뮤우 거는 펜던트였지?"

지금까지 조용히 보고 있던 뮤우가 손을 들고 말했다.

나는 뮤우가 만든 검과 방패를 모티브로 삼아 만든 펜던트를 들었다.

"그렇구나. 이런 형태면 처리할 필요가 좀 있겠어."

검과 방패를 조합한 디자인이기 때문에 파인 곳이나 무늬 같은 게 많다는 걸 확인한 나는 바로 펜던트를 깔끔하게 갈아내기 시작했다.

"오오, 예쁜 은색이 되어가네! 이제 완성이야?"

"아니, 지금부터 처리를 좀 할 거야."

나는 일어서서 공방의 약품 선반에서 병을 하나 꺼낸 다음 까만 액체를 작은 용기에 붓고 그 안에 펜던트를 담갔다.

"어, 어어?! 윤 언니, 뭐 하는 거야! 왜 더럽히는 건데?!"

내가 까만 액체——, 셰이드 결정수에서 만들어낸 [셰이드 진한 녹색 염료]에 담갔기에 뮤우가 새까맣게 물든 미스릴 펜던트를 보고 비명을 질렀다.

코하쿠도 내 행동을 보고 놀라서 멍한 상태였다.

"아니, 잠깐만! 진짜로 내가 좋아하는 은빛에 예쁜 성기사 모티브 펜던트가 암흑기사로 변해버리잖아!"

허둥대는 뮤우의 말을 듣고 나는 쿡쿡 웃었지만, 작업을 멈추지는 않았다.

"이 [셰이드 진한 녹색 염료]를 발라서 그슬리면 예쁜 검은색이 나오거든."

내가 그렇게 설명하면서 [셰이드 진한 녹색 염료]로 검게 물든 미스릴 펜던트를 성수로 씻어내서 말렸다.

"아, 모처럼 예쁜 은빛이었는데……."

자잘하게 파인 곳까지 새까맣게 변한 펜던트를 본 뮤우가 실망했지만, 나는 다시 연마를 시작했다.

그러자 염료 때문에 까맣게 변한 표면이 갈려 나갔고 그 아래에서 다시 은색 미스릴이 나타났다.

그리고 검과 방패 장식의 파인 곳이나 틈새에 까만 염료가 남아서 장식의 윤곽이 또렷해졌다.

그 액세서리의 변화를 본 뮤우는 안도의 한숨을 쉬고 있었다.

"대단해……, 그냥 더럽히고 갈았을 뿐인데 더 멋지게 변했네."

"그건 칭찬이지? 자, 다 됐어. 이제 이름을 붙이고 추가 효과를 달아볼까?"

나는 뮤우에게 이야기를 듣고 액세서리의 이름을 붙인 다음 센스로 추가 효과를 넣기 시작했다.

팔라딘즈 심볼 [장식] (중량 : 1)
DEF+3, INT+10, MIND+3 추가 효과 [ATK 부가] [ATK 보너스]

완성된 액세서리를 받아든 뮤우는 자신이 디자인하고 형태를 잡은 액세서리를 감동하며 바라보았고, 이렇게 말했다.

"……같은 중량 액세서리인데, 코하쿠의 액세서리하고 성능이 다르네."

약간 불만스러운 듯이 입술을 삐죽대는 뮤우를 보고 나는 곤란하다는 듯이 웃었다.

"그야 내가 형태를 잡은 거와 뮤우가 형태를 잡은 거라는 차이가 있으니까."

내게는 생산 계열 센스인 [조금사]와 [생산직의 소양]이 있다.

금속 찰흙으로 형태를 잡는 건 누구나 할 수 있다고 해도, 그저 할 수 있는 것에 불과하다.

센스의 보너스나 보조 효과가 있는 쪽이 당연히 성능이 좋을 수밖에 없다.

"처음 만들 때 말했지? 기념품이라고."

"응, 그랬지. 좋았어, 완성되었으니까 루카네에게 자랑하러 가자!"

"윤 씨 작업은 마지막까지 안 볼 거여?"

모처럼 남았는디……, 코하쿠가 그렇게 말하기도 전에 뮤우는 [아트리엘] 공방에서 뛰쳐나갔다.

"코하쿠도 가도 상관없어. 이제 계속 액세서리를 갈기만 할 거라 따분할 테고."

"윤 씨, 배려해줘서 고마운디, 내는 좀 더 볼 거여."

나를 똑바로 바라보는 코하쿠를 보니 그렇게 생산 쪽에 흥미를 보이는 게 기뻤다.

나는 뮤우가 기뻐한 모습과 코하쿠의 진지한 태도 덕분에 의욕이 생겨서 다시 액세서리를 만들기 시작했다.

"자, 나머지도 바로 만들어버릴까!"

나는 루카토, 히노, 토우토비, 리레이가 만든 액세서리를 연마해서 완성시켰다.

●

뮤우 일행의 액세서리를 연마하고 이름과 추가 효과를 붙여나가는 단계까지 끝났다.

그동안 코하쿠는 계속 말없이 내 손 근처를 집중하며 들여다보고 있었고, 모든 작업을 끝낸 내가 천천히 돌아섰다.

"코하쿠, 고생했어. 수수한 작업을 계속 봤는데, 심심하진 않았어?"

"뭔 소릴 한당가. 내는 재미있는 걸 본 것 같은디. 윤 씨야말로 고생 많았네."

코하쿠가 격려해주자 나는 기쁜 느낌이 들었다.

마기 씨나 리리 같은 사람들과 공동으로 생산 활동할 때 서로 그런 말을 주고받곤 하지만, 생산직이 아니라 견학을 하러 온 코하쿠가 그런 말을 해주니 뭔가 다른 기쁨이 느껴졌다.

"그럼 마지막까지 함께해준 코하쿠에게 좋은 걸 보여줄까?"

나는 공방 선반 안에 말리고 있던 금속 찰흙을 꺼내서 가지고 왔다.

"윤 씨, 그거는 우리가 쓴 찰흙하고는 색이 다른디……."

"아다만타이트 금속 찰흙이야. 이제부터 이걸 구워내는 걸 특별히 보여줄게."

최근 한 달 정도, [아트리엘]에 [마도로]를 도입한 다음 계속 아다만타이트 광석을 주괴로 만드는 것에 도전해왔다.

얼마 전에 주괴로 만드는 것에 성공하긴 했지만, 아직 마기 씨처럼 주괴로 무기나 액세서리를 만들 수 있는 실력은 없다.

마기 씨가 만드는 방법이 정도(正道)라면 지금부터 내가 만들 방법은 사도(邪道)다.

"윤 씨, 아다만타이트 금속 찰흙으로 액세서리를 만들 수 있는 거여?"

"사실 못 만들지. [엑토플라즈마 클레이]가 연소하는 온도로는 아다만타이트 분말이 녹지 않으니까 중간에 무너지거든."

하지만——, 그렇게 설명하면서 [마도로]에 MP를 넣자 불꽃이 아다만타이트를 제련할 때 쓰는 푸르스름한 색으로 변하기 시작했다.

"아다만타이트로 반지를 만들 때는 단계를 한 번 더 밟을 필요가 있거든."

나는 그렇게 말하고 철망이 달린 받침대 위에 얹은 아다만타이트 금속 찰흙 반지를 [마도로]에 넣었다.

푸르스름한 불꽃에 그슬린 아다만타이트 반지는 [엑토플라즈마 클레이]의 성분이 빠져나가기도 전에 표면이 붉게 달아올랐고, 분말들이 녹는 온도에 도달해서 형태가 유지되었다.

"윤 씨, 단계를 한 번 더 밟는다던디, 뭐한 거여?"

"미리 접합제로 쓸 [용열분]을 반지 표면에 발라두었을 뿐이야. 뭐, 그 방법을 발견해낼 때까지는 힘들었지만."

그렇게 표면이 먼저 달라붙기 때문에 형태가 계속 유지된다.

그리고 5분 정도 만에 완전히 [용열분]이 다 타버린 아다만타이트 반지를 꺼내 냉각용 [화산지대의 염열유]에 담가서 식혔다.

이때, 표면에 발랐던 [용열분]이 남아 있으면 폭발하기 때문에 주의할 필요가 있다.

"윤 씨, 그러면 완성된 거당가?"

"아니. 아직 완성된 건 아니야. 다시 화로에 넣고, 두들기고, [엑토플라즈마 클레이]가 빠져나가서 자잘하게 생긴 구멍을 메꿔나가야지."

아다만타이트 반지 형태가 어느 정도 잡혔기에 이제 고온의 화로에 넣었다가 [운성강] 해머로 두들겨서 자잘한 구멍을 표면에 드러내기 시작했다.

"자, 다시 시작해야지. 《인챈트》—— 어택, 스피드!"

나는 자신에게 인챈트를 걸고, 내열 효과를 부여해주는 [쿨 드링크]를 마시고 [마도로]에 넣은 아다만타이트 반지를 다시 가열해서 꺼낸 뒤, 해머로 온 힘을 다해 두드렸다.

[엑토플라즈마 클레이]가 빠져나가서 생긴 구멍을 메꾸자 반지가 1할 정도 줄어들었고, 다시 냉각시켜서 완전히 식히면 일단 완성이다.

"이번에는 참말로 완성된 거제?"

"뭐, 그렇지. 일단은 완성이야. 아다만타이트는 단단해서 연마하는 데 오래 걸릴 것 같아. 그리고 마기 씨 말에 따르면 장식하는 것도 힘들대."

아다만타이트 링 [장식] (중량 : 2)

DEF+20

아다만타이트는 매우 단단하고 내구도, 물리 방어력이 뛰어나다.

그렇지만 심플한 반지여도 장비 중량이 2라서 꽤 무거운 금속이다.

지금 내 기량으로는 아다만타이트 같은 금속의 성능을 충분히 끌어낼 수가 없다.

종합적인 성능을 따지면, 예전에 [운성강]으로 다시 만들어서 타쿠에게 준 [흑의 가드링]이라는 액세서리가 더 좋다.

"뭐, 대충 이런 거지."

실패하는 것보다 낮은 품질이라도 성공하는 게 경험치를 더 많이 얻을 수 있으니까, 마음속으로 그렇게 중얼거리며 반지를 넣었다.

"뭐, 이런 느낌이야. 자, 이번에는 진짜로 쉬도록 하자."

"윤 씨, 고마워. 나를 위해서 호박 액세서리도 만들어주고, 아다만타이트 가공도 보여주고."

"신경 안 써도 돼. 나도 가끔은 다른 사람에게 자랑도 해야 의욕이 생기니까."

그렇게 말하고 손을 흔들며 [아트리엘]의 공방에서 도구를 정리하기 시작했다.

"근디 뮤우는 참 아쉽것어. 조금만 더 참았으믄 아다만타이트를 가공하는 걸 볼 수 있었을 것인디."

"그럼 둘만의 비밀인가?"

"그거 재미있어지것네."

나와 코하쿠는 함께 장난기 어린 미소를 지으며 약초밭 옆에 있는 우드덱으로 갔다.

"뤼이, 하늘하늘해서 기분 좋아~. 자쿠로는 털이 푹신푹신하고~."

나와 코하쿠가 우드덱으로 나오자 뮤우가 햇볕을 쬐고 있던 뤼이와 자쿠로를 껴안고 행복해 보이는 미소를 짓고 있었다.

하지만 안긴 뤼이와 자쿠로는 포기했다는 듯한 눈빛으로 그냥 내버려 두고 있었다.

"윤 씨, 고생 많으셨어요. 먼저 차하고 과자를 먹고 있어요."

약초밭 견학을 마치고 쿄코 씨가 내준 차를 마시고 있던 루카토에게 그런 인사를 받으며 나와 코하쿠도 자리에 앉았다.

"후후홋, 코하쿠의 액세서리는 벌써 완성되었나요?"

"완성되었제. 봐, 이거여."

리레이가 그렇게 말하자 코하쿠는 이제 막 완성된 액세서리를 꺼냈고, 모두 함께 그것을 들여다보았다.

"뮤우 양하고 코하쿠 양의 액세서리를 보니 얼른 자기 액세서리를 확인해보고 싶어지네요."

"……그 찰흙이 이렇게 되다니, ……대단해요."

나는 모두의 반응을 들으면서 쿄코 씨가 내준 차로 목을 축인 다음 액세서리 연마가 끝났다는 사실을 알려주었다.

"너희 액세서리도 완성되었어. 봐……."

내가 인벤토리에서 예쁘게 다듬은 액세서리를 꺼내자 다들 자기 작품을 들고 소리내며 감탄했다.

"오옷, 잡기 편하게 조정되어 있네."

"정말이네! 나도 보여줘, 보여줘!"

히노는 두꺼운 반지를 연결시켜 만든 너클 같은 액세서리를 쥐었고, 뮤우가 뤼이와 자쿠로를 놓아주고 모두의 작품을 재미있다는 듯이 구경했다.

나는 쿄코 씨가 내준 차와 과자를 먹으며 뮤우 일행의 이야기에 귀를 기울이고 있었다.

뮤우 일행이 이야기하는 내용은 만든 액세서리에 대한 감상이나 곧 다가올 여름방학 때 뭘 하면서 지낼지, 다음에는 어떤 에리어를 탐험할지 같은 것들이었다.

내가 그 이야기에 귀를 기울이고 있자니 뮤우가 말을 꺼냈다.

"그러고 보니……, 윤 언니에게 오늘 보답으로 뭘 줄지 아무것도 안 정했는데, 뭐가 좋을까?"

"보답?"

갑자기 이야기가 나와서 무슨 뜻인지 모른 채 고개를 갸웃거리는 나를 보고 뮤우가 계속 말했다.

"액세서리를 만들어준 보답 말이야! 보답!"

"보답이라……, 돈은 미리 받았으니까 필요 없는데."

"그런 게 아니라, 마음으로 보답해줄 수 있는 보답말이야."

액세서리 대금은 이미 받았는데, 액세서리를 만드는 체험에 대한 보답은 생각한 적이 없었기에 하늘을 올려다보며 생각했다.

그런 나를 보고 뮤우가 이것저것 제안했다.

"가고 싶은 에리어나 가지고 싶은 아이템 같은 건 없어? 그걸 탐색하러 갈 때 도와주거나 호위를 해주는 거지."

"아~, 그런 형태로 보답할 수도 있겠구나."

나는 팔짱을 끼고 생각했다.

"윤 언니, 혹시 사양하려는 거야?"

뮤우가 조금 불만스러운 듯이 물었지만, 그렇지 않다고 말했다.

"아니, 솔직히 하고 싶은 게 너무 많아서 곤란하거든."

해역 에리어에서 소재를 탐색하는 건 마기 씨네 [생산 길드]나 시치후쿠네 길드인 [OSO 어업조합] 쪽에 부탁하는 게 확실할 것이다.

그 밖에도 뮤우 일행에게 부탁할 만한 것은 [마도로]를 사용해서 아다만타이트를 연습하는 데 필요한 광석을 수집하거나 조합 아이템의 사용감을 확인해달라고 하는 것들이 있다.

그렇게 말하자 약간 어이없는 듯한 쓴웃음이 돌아왔다.

"윤 언니는 생산적인 활동을 좋아하는구나. 하지만 그런 걸로는 보답이 안 돼."

"어? 그래?"

"그래! 윤 언니가 아다만타이트제 액세서리를 만들 수 있게 되면 우리가 더 도움이 되고, 새로운 아이템의 테스터 같은 건 우리가 부탁하고 싶을 정도니까!"

그렇게 힘주어 말하는 뮤우에게 맞장구를 치는 듯이 루카토와 다른 사람들도 고개를 끄덕였기에 곤란하듯 뒤통수를 긁었다.

"그래도 말이지. 너희에게 보답을 받을 만한 게 생각나지 않거든."

"으…… 앗, 그러면 레벨을 올리는 건 어때? OSO 1주년을 대비해서 전투 계열 센스 레벨을 올려두는 게 낫지 않을까?"

"어라? 1주년 기념은 4월쯤에 했잖아?"

"그쪽은 베타 버전부터 계산해서 진행한 준 기념일 업데이트야. 진짜배기는 OSO가 정식으로 가동된 7월 하순부터 8월 무렵에 할 거고."

내가 묻자 뮤우가 친절하게 대답해주었다.

"그렇구나. 하긴, 이벤트를 대비해서 전투 계열 센스 레벨을 올려두는 게 낫겠어."

"그래, 그래. 그러니까 윤 언니가 레벨을 올리는 걸 도와주면 보답할 수 있는 거지!"

활짝 웃으며 모험을 떠나자는 뮤우를 보고 나는 약간 쓸쓸한 표정을 지었다.

"……아니, 사양할래."

"뭐어?! 이야기의 흐름상 넘어올 것 같았는데, 왜?!"

"아니, 뮤우가 가자고 한 곳을 떠올려보니까……."

작년에 거대 지네형 MOB이 나오는 동굴부터 시작해서 폐촌으로 이어지는 유령과 스켈레톤이 나타나는 호리어 동굴, 얼마 전 유령선을 생각해보니 징그러운 계열이 많았던 것 같다.

그런 것들을 설명하자 루카토와 다른 사람들도 뮤우를 약간 어이없는 듯이 바라보았다.

"결과적으로는 가길 잘하긴 했지. 하지만……, 마음의 준비도 못 하고 가니까. 게다가 레벨을 올리는 것뿐만이라면 세이 누나하고 미카즈치, 아니면 타쿠네에게 부탁하는 게 확실할 것 같고."

"여동생에 대한 신뢰가 부족해! 괜찮아! 걱정할 필요 없어!"

그렇게 설득했지만, 아마 간 곳에서 새롭게 발견한 퀘스트 같은 걸 우선시하면서 정신없어질 것 같은 광경이 눈에 선했다.

"그렇다면 타쿠 씨네하고 합동으로 에리어 탐색을 하는 건 어때? 그리고 사람들이 많이 가니까 교대로 전투를 하면 윤 언니가 소재를 채집할 시간도 생길 거야!"

"그러면 공투 페널티가 발생하지 않나?"

"파티별로 교대로 싸우고 끼어들지만 않으면 괜찮아! 부탁이야, 윤 언니."

그렇게 말하며 달라붙는 뮤우를 보고 나는 한숨을 쉬었다.

"알았어. 그럼 레벨을 올리는 걸 도와줘."

"내게 맡겨! 타쿠 씨네 파티를 설득해서 합동 파티를 짜달라고 할 테니까! 그렇게 여름 이벤트 전까지 윤 언니를 OSO에서 톱 전투직으로 성장시켜줄 테니까!"

"아니, 그런 수준까지는 바라지 않으니까……."

내가 뮤우에게 눈을 흘기며 태클을 걸자 루카토와 다른 사람들이 살짝 웃고 있었다.

그래서 조금 쑥스러워진 나는 살짝 눈을 돌리고 차를 마셨다.

"그런데 윤 언니는 원하는 에리어 같은 게 있어? 레벨을 올리고 싶은 센스나, 새로 취득한 센스 있어?"

뮤우가 묻자 나는 턱에 손을 대고 생각했다.

"음~. [조교] 센스의 레벨을 50까지 올리면 상위인 [조교

165

사]로 성장시킬 수 있으니까 그 센스 레벨을 올리고 싶은데. 그리고 아다만타이트 광석이 필요하니까 채굴할 수 있는 곳."

"알았어! 그럼 뤼이하고 자쿠라고 움직이기 편한 곳이 좋겠네! 그런 조건으로 타쿠 씨네 파티에게 합동 수색을 하자고 부탁해볼게!"

왠지 뮤우가 잘 속여넘긴 것 같지만, 전투 계열 센스 레벨을 올릴 기회가 생긴 건 다행인 것 같다.

"자, 이제 느긋하게 차를 즐기자고."

┏네~.┛

여자애들이 많이 참가한 다과회는 느긋하게 진행되었다.

그리고 나중에 뮤우와 타쿠 파티가 합동으로 외딴섬 중앙을 탐색하기로 했고, 나는 레벨을 올리기 위해 참가하게 되었다.

5장 외딴섬 중앙과 해적 잔당

외딴섬 에리어의 중앙은 세 에리어로 나눌 수 있다.

외딴섬 북쪽에서 서쪽에 걸쳐서 섬의 3분의 1 정도를 뒤덮고 있는 열대림 에리어.

외딴섬 동쪽에는 낡은 마을 유적이 섬 중심부에서 흘러드는 하천과 맹그로브 나무에 침식되어 있는 유적 에리어.

외딴섬 남쪽의 절벽을 올라가면 외딴섬 중앙에 솟아난 화산의 완만한 기슭이 펼쳐져 있고, 용암과 암석이 식어서 굳은 건지 울퉁불퉁한 바위 같은 것들이 굴러다니는 고지대 에리어.

외딴섬 중앙은 어디에서나 보이는 화산과 이 세 에리어로 구성되어 있다.

나는 뮤우와 타쿠 일행이 합쳐서 만든 변칙적인 파티에 참여해서 이 세 가지 에리어 중 어디부터 외딴섬 중앙을 탐색하기 시작할지 의논하고 있었다.

"오늘 목적은 윤의 레벨을 올리는 것과 광석 계열 아이템을 채굴하는 거라, 남쪽부터 나아가는 루트로 갈 건데 상관없겠지?"

""""찬성~!""""

"그렇게 간단히 정해도 되겠어? 뮤우나 타쿠네 일행이 원하는 것도 있을 텐데?"

미리 외딴섬 중앙 에리어 구분에 대해 설명을 듣고 탐색 계획을 정하는 단계에서 거의 모두가 외딴섬 남쪽 기슭부터 탐색을 시작하는 데 동의했다.

"북쪽에서 서쪽까지 걸쳐있는 밀림은 시야가 안 좋아서 레벨을 올리기에 적합하지 않으니까."

타쿠의 설명을 보충하기 위해 케이가 흡혈 모기가 나오거나 군데군데 있는 습지대 등의 방해 기믹 같은 걸 설명해주면서 많은 인원이 이동하기에는 적합하지 않다는 걸 가르쳐주었다.

"동쪽 유적 쪽도 발목까지 물이 잠겨 있는 곳을 나아가야 하거나 물에 잠긴 유적 같은 곳이 많아서 특정 센스가 없으면 탐색하기가 힘들단 말이지."

뮤우가 그렇게 말하는 걸 보니 소거법으로 남쪽 고지대로 들어가는 걸 선택한 모양이었다.

"그리고 화산의 용암이 흘러내린 흔적인 건지 바위나 지면 채집 포인트에서는 아다만타이트 말고도 미스릴이나 흑철, 적층탄이나 용용석 같은 광석도 얻을 것 같아."

내가 원하던 에리어라는 사실을 알고 난 다음, 모두 함께 외딴섬 남쪽에 있는 포탈로 이동했다.

"그런데 여기에서 어떻게 가는 거야?"

외딴섬 남쪽은 절벽이었고, 앞쪽에는 크라켄과 싸웠던 섬이 보였다. 그리고 뒤쪽을 돌아보니 지면이 솟구쳐서 생겨난 절벽이 중앙으로 가는 길을 막았다.

"[등산] 센스를 사용하면 올라갈 수도 있겠지만⋯⋯."

솟구친 부분은 일부분이라 벽을 따라 가보면 올라갈 만한 곳이 있을 것 같았다.

그런 와중에 타쿠와 뮤우는 망설이지 않고 암벽을 따라 왼쪽으로 나아갔다.

"저기, 그쪽에 올라갈 만한 곳이 있어?"

"그래, 해적왕이 이용하던 발판이 있어. 그리고 오른쪽에는 폭포가 있고, 그쪽은 폭포 뒤에 있는 동굴하고 용소에 각각 [해적왕의 비보]가 숨겨져 있고."

내가 소리 내어 감탄하며 뮤우와 타쿠를 따라가자 나무를 붙여서 만든 발판이 있었다.

하지만 그 나무의 색을 보니 오랜 세월 동안 비바람과 바닷바람을 맞아서 지저분한 회갈색이었고, 선두에서 나아가던 뮤우와 타쿠가 그 발판을 타고 올라가자 삐걱대는 소리가 났다.

"윽⋯⋯, 이건."

높이가 50미터 정도 되는 암벽을 올라가기 위해 마련된 발판을 올려다보고 나도 모르게 뒷걸음질 치며 겁먹었다.

"윤, 괜찮아. 자, 불안하면 내 손을 잡아."

"⋯⋯괜찮아요. 만약에 떨어지실 것 같으면 받쳐드릴게요."

나는 미니츠와 토우토비의 손을 잡고 조심조심 해적왕 시대에 나무를 붙여서 만든 발판을 올라가기 시작했다.

발판에는 난간이 없었고 바다에서 강한 바람이 불어오고

있었기에 한 발짝 한 발짝 신중하게 내디디고 있자니 모두가 익숙하게 삐걱대는 발판을 올라갔다.

"윤 언니, 너무 느려~."

"어, 어쩔 수 없잖아! 이렇게 높으니까 무섭다고!"

[염동] 센스의 《키네시스》로 낙하 등의 기세를 약하게 만들 수는 있지만, 그래도 불안정한 발판이 무섭게 느껴졌다.

그렇게 삐걱대는 소리를 내는 발판을 끝까지 올라가자 그곳에는 타쿠가 말한 것처럼 화산의 모습을 정면으로 볼 수 있는 고지대가 펼쳐져 있었다.

"여기가 외딴섬 에리어의 중앙이구나……, 왠지 에리어의 분위기가 바뀐 걸 보니 대단한데!"

지금까지는 외딴섬 중앙이라고 하니 열대기후 원생림을 상상했는데, 절벽을 올라가 보니 섬의 중앙 남쪽에 펼쳐져 있는 광경을 보고 소리 내며 감탄했다.

고지대에는 푸른 초원이 펼쳐져 있었고, 군데군데 채굴 포인트인 암석이나 열대 식물, 알로에나 선인장 같은 다육 식물이 있었다.

"후후훗, 무너져가는 오두막 같은 게 오브젝트로 발견되었던가요?"

"사람이 살던 곳이 동쪽 유적군이믄, 여기는 해적들이 들어와서 꾸린 목장 같은 거 아니여?"

리레이와 코하쿠가 나누는 이야기를 들어보니 그런 역사의 흔적이 이 광경에 있는 건가 싶어서 감탄했다.

그리고 시대의 흐름에 따라 해적들이 사라지고 동쪽 유적도 물에 잠긴 뒤로 지금은 외딴섬 가장자리의 북쪽에 있는 NPC들의 어촌에만 사람이 남아있는 것 같다.

"섬의 중앙은 난이도가 높아진다고 해서 무슨 마경 같은 곳인 줄 알았어."

나는 조용히 중얼거리며 눈에 띄는 범위 안에서 적 MOB이 있는지 둘러보았지만, 왠지 목가적인 분위기가 느껴졌다.

"자, 이 고지대를 돌아다니면서 레벨을 올리고 소재를 채집해볼까?"

타쿠가 그렇게 말하고 환하게 웃으며 걸어가기 시작했다.

이 고지대에는 선공 MOB과 비선공 MOB이 섞여 있다.

다가가면 일제히 진흙탄을 토하는 리조 겟코라는 도마뱀형 MOB 무리나 느긋하게 채굴 포인트인 바위 위에서 일광욕하고 있는 밴디트 앨리게이터라는 악어형 MOB.

그 밖에도 바위로 의태하고 있다가 다가오면 맹렬하게 회전해서 몸통박치기를 날리는 블레이드 리저드 아종이 있었다.

이 녀석은 제1마을 근교의 보스 MOB의 마이너 체인지 버전으로 나타났다.

"봐, 윤. 적이야! 온 힘을 다해서 싸우라고!"

"나도 알아. 뤼이, 자쿠로──, 《소환》, 《빙의》!"

나는 소환석으로 사역 MOB인 뤼이와 자쿠로를 소환했고, 자쿠로는 곧바로 내게 《빙의》시켰다.

자쿠로가 빙의하자 머리에 여우 귀가 돋아났고, 허리에는

171

꼬리 세 개가 수영복 위에 걸친 파카를 밀어내며 돋아났다.

"저기, 저기, 윤 언니. 돋아난 경계 부분은 어떻게 되어 있는 거야? 수영복에 구멍이 뚫린 건 아니지?"

"후후훗, 신경 쓰이네요."

"이봐, 뮤우, 리레이! 파카를 잡아당겨서 꼬리 경계 부분을 확인하지 마! 창피하다고!"

내가 그녀들이 잡아당기는 파카를 두 손으로 누르자 빙의한 자쿠로의 꼬리 세 개가 자유자재로 움직이며 뮤우와 리레이를 밀어냈다.

"자, 장난치지 말고 윤은 전투에 참여해. 전투는 교대로 하고, 우리가 전투 중일 때는 윤이 공격 중시, 뮤우네 파티와 전투를 벌일 때는 지원 중시야."

"알겠어."

보통은 여러 파티가 동일한 MOB과 전투를 하면 [공투 페널티]가 발생한다.

하지만 회복 마법이나 인챈트 같은 지원이나 보조 스킬 같은 경우에는 전투 중인 다른 파티에게 걸어주더라도 [공투 페널티]가 발생하지 않는다.

그런 요소를 이용해서 뮤우네 파티가 전투 중에 내가 적극적으로 인챈트를 걸어서 레벨을 올리려 하는 것이다.

"그럼 간다. 《존 인챈트》——, 어택, 디펜스, 스피드!"

나와 타쿠, 간츠, 케이, 네 사람에게 3중 인챈트를 걸고 첫 번째 표적인 블레이드 리저드 아종을 향해 장궁을 겨누었다.

"——《원거리 사격》!"

적 MOB을 끌어들이기 위해 사격을 가하자 암석으로 의태하고 있던 블레이드 리저드 아종에게 화살이 꽂혔다.

우리가 공격하자 의태를 풀고 땅바닥을 구르며 이쪽으로 다가왔다.

"이 아다만타이트의 방어력으로 막는다! ——《포트리스》!"

케이는 외딴섬 에리어의 열대 환경에 적응하기 위해 갑옷을 걸치고 있지 않았지만, 두 손으로 들어올린 검과 방패는 전부 아다만타이트제였다.

블레이드 리저드 아종의 회전을 방패로 튕겨낸 다음, 케이가 들어 올린 검을 머리 쪽으로 휘둘렀다.

그리고 양쪽에서 호를 그리는 듯이 달려든 타쿠와 간츠, 그리고 뤼이가 추격타를 가했다.

"하얏——, 《소닉 엣지》!"

"——《귀신 사냥 차기》!"

미니츠가 회복 스킬을 날렸고, 마미 씨와 내가 빈틈을 노리며 원거리 공격 스킬로 대미지를 입혀나갔다.

1년 전에는 보스인 블레이드 리저드에게 고전했지만, 아종으로 강화되어 일반 MOB으로 나타난 블레이드 리저드는 눈 깜짝할 새에 쓰러졌다.

"그럼 다음은 우리 차례지~. 윤 언니, 부탁해."

"알았어. 《존 인챈트》—— 어택, 디펜스, 스피드!"

나는 뮤우 일행에게 3중 인챈트를 걸고 이번에는 도마뱀 무리와 싸웠다.

일정한 거리를 유지하면서 진흙탄을 날리는 도마뱀들과 맞선 뮤우 일행은 회피하면서 거리를 좁히며 공격을 가해나 갔다.

"뮤우 양, 히노 양, 지금이에요!"

"히노, 숫자를 줄이자! ──《피프스 브레이커》!"

"한 마리씩 확실하게. ──《그랜드 해머》!"

그리고 한 마리씩 쓰러뜨려나가자 적 MOB이 모두 쓰러 졌고, 다시 우리와 교대했다.

"다음에는 윤도 마법 스킬을 써서 싸워."

"알겠어. ──《봄》!"

이번에는 [하늘의 눈]의 표적 능력을 이용한 공간 폭파로 채굴 포인트인 바위 위에 누워 있던 밴디트 앨리게이터를 맞춰서 전투를 벌이기 시작했다.

뮤우와 타쿠네 파티가 교대로 전투를 벌이면서 내 [조교] 센스를 중심으로 여러 가지 전투 계열 센스 행동을 취하며 경험치를 얻어나갔다.

"하아앗──, 《아이시클 랜스》!"

코하쿠는 부채를 펼치고 바람을 부치는 듯이 얼음창을 만 들어내서 날렸다.

그 부채의 끄트머리에는 나비가 호박 안에 있는 액세서리 가 끈에 묶인 채 흔들리고 있었다.

"코하쿠. 액세서리 상태는 어때?"

"윤 씨, 괜찮은 느낌이여. 체감으로는 공격 스킬의 위력이 1할 정도 강해진 것 같은디. 그리고 《아이시클 록》이나 《아이스 월》 같은 방어 스킬도 내구도가 늘어난 것 같은 느낌이고."

"그거 다행이네."

"윤에게 새로운 액세서리를 만들어달라고 한 거야? 좋겠다. 나도 부탁해볼까?"

"그럼 다음에 [아트리엘]에 왔을 때 의논하자."

"그래도 돼?! 그럼 다음에 갈게."

레벨을 올리는 동안 코하쿠에게 액세서리 상태에 관해 물어보았고, 부러워하는 미니츠와 이야기를 하는 등 편한 분위기로 사냥을 계속해나갔다.

그리고 고지대를 돌아다니며 채굴 포인트인 암석에서 아다만타이트와 미스릴, 각종 속성의 금속 등 광석 계열 아이템을 채굴하고, 모두가 가지고 있는 [해적왕의 보물 지도]에 나와 있는 보물이 숨겨진 곳을 파헤쳐서 보물을 모아나갔다.

"윤. 레벨은 많이 올랐어?"

"음, 잠깐만 기다려봐."

타쿠가 묻자 나는 장비하고 있는 센스를 확인했다.

소지 SP 36

[마궁 Lv33] [하늘의 눈 Lv36] [간파 Lv46] [강력 Lv10]

[준족 Lv37] [마도 Lv40] [대지속성 재능 Lv25] [부가술사 Lv18]

[염동 Lv18] [조교 Lv48] [요리인 Lv24] [잠복 Lv8]

대기

[활 Lv55] [장궁 Lv45] [조약사 Lv32] [장식사 Lv10]

[연성 Lv13] [수영 Lv25] [언어학 Lv28] [등산 Lv21]

[생산직의 소양 Lv37] [신체내성 Lv5] [정신내성 Lv15]

[급소의 소양 Lv16] [선제의 소양 Lv18] [낚시 Lv10]

전체적으로 전투 계열 센스의 레벨이 올라갔다.

"레벨은 좀 오른 것 같아. 이제 곧 [조교] 센스 레벨이 50을 넘어설 것 같고."

"그럼 좀 더 강한 적이 있는 곳으로 이동해서 싸울까?"

"다른 적?"

『규우~?』

내가 고개를 갸웃거리자 덩달아 빙의한 자쿠로의 꼬리 세 개도 오른쪽으로 기울었다.

"같은 외딴섬 중심이라고 해도 여기는 아직 가장자리니까. 좀 더 안쪽으로 가면 강한 MOB이 나오는 곳이 있거든."

타쿠가 설명해주자 좀 더 안쪽으로 가는 건가 싶어서 꺼려졌다.

"그 전에 휴식하고 싶은데. 아이템 정리도 하고 싶고."

내가 그렇게 제안하자 뮤우 일행도 조금 피곤했는지 찬성했다.

채집 포인트 근처에 있던 선공 MOB을 쓰러뜨리고 새로 리젠될 때까지 안전지대를 만들어서 쉬기로 했다.

자쿠로의 《빙의》를 해제하고 채집 포인트에 있는 소재를 채집해 나갔다.

그중 하나는 알로에와 비슷하게 생긴 다육 식물──, [아레나의 엽육]은 [내열 효과]를 부여해주는 효과가 있고, 박하 잎으로 만드는 [쿨 드링크]와 합치면 효과가 강해지며 화속성인 [속성 연고]에 넣어서 섞으면 [화속성 내성] 효과가 높아지는 것 같았다.

다른 하나, 가시가 없고 폭이 넓은 선인장 같은 다육 식물──, [치와본의 엽육]은 식용 소재인 것 같았고, 요리에 넣으면 SPEED 상승 효과가 부여된다.

그리고 안전지대를 확보한 우리는 경사진 고지대에 앉아서 과자와 차를 꺼내 먹으며 남쪽에서 불어오는 선선한 바람을 느꼈다.

●

고지대 한쪽에서 모두 휴식하는 와중에 나는 인벤토리 안에 있던 아이템을 정리했다.

"얻은 소재는 각종 광석하고 아레나의 엽육, 치와본의 엽육, 그리고 적 MOB에게서 얻은 드롭 아이템, 해적왕의 꽝 상자에서 얻은 보석류……."

인벤토리에 들어있는 소재를 확인하면서 모아둔 보석을 [연성] 센스의 《상위 변환》 스킬로 매우 큰 크기까지 뭉쳤다.

"앗, 윤 언니. 뭐 하고 있어?"

"응? 보석이 모여서 소재로 가공 중인데……."

[연성] 스킬로 만들어낸 매우 큰 보석을 향해 나는 EX 스킬인 [마력 부여]를 발동시켰다.

평소보다 MP를 많이 소비하자 손안에 있는 보석이 빛나며 마보석으로 변했다.

"휴우, 이걸 만드는 것도 힘드네."

나는 MP 포트를 마시고 MP가 회복되자 다시 다른 커다란 보석에 [마력 부여]를 사용해서 변질시켰다.

"윤 언니. 그 보석은 평소에 매직 젬으로 쓰는 것보다 커다란 보석인데, 그것도 매직 젬으로 쓸 거야?"

"중급 마법까지는 인챈트할 수 있긴 한데, 다른 사용 방법을 모색 중이야……."

처음에 우연히 만들어낸 마보석부터 시작해서 차근차근 같은 방식으로 숫자를 늘리고 있긴 하지만 어떻게 써먹어야할지 아직 정하지 못했다.

일단 [팔백만]의 [부가] 계열 센스를 가지고 있는 사람에게 인챈트 협력을 부탁했다.

어떤 규모 스킬을 인챈트할 수 있을지 조사해달라고 한 결과, 상급 스킬은 인챈트하지 못했지만 중급 스킬은《기능 부가》시킬 수 있었다.

중급 스킬을 인챈트하는 경우에는 마보석보다 [운성강]으로 만든 전체 금속제 화살이 더 수고나 비용이 적게 든다.

"어~, 이건 매직 젬으로 안 써? 던져서 폭발시키지 않을 거야?"

"아니, 할 수 있긴 한데……, 그냥 대미지를 입히기만 할 거면 [익스플로전]보다 [봄] 매직 젬을 여러 개 던지는 편이 연쇄 보너스까지 합쳐져서 대미지가 더 크거든."

내가 그렇게 대답하자 뮤우는 조금 불만이라는 듯이 볼을 부풀렸다.

"그럼 대체 어디에 쓸 건데?"

"그러니까 그 방법을 모색 중이라고. 만약에 쓴다면 [대지 속성 재능] 센스 레벨을 올려서 새로운 스킬을 취득하고 난 다음에나 쓰겠지만."

토속성 마법의 새로운 인챈트 후보로는 방어 계열인 [스톤 월]과 구속 계열인 [샌드 바인드], 지원 MOB을 소환하는 계열인 [서몬 리틀 골렘] 같은 게 있을 것이다.

그 밖에 범위 계열이나 위력이 강한 마법은 인챈트한 아이템을 기점으로 발동되기 때문에 무차별적으로 모든 방향에 공격이 날아갈 가능성이 있다.

"그럼 그런 스킬을 인챈트할 수 있게끔 레벨을 올리자! 기대할게."

"그래, 그래. [조교] 센스 레벨도 올리고 있으니까 너무 기대하진 마."

나는 쓴웃음을 지으면서 다시 마보석을 하나 완성했다.

"정말. 이렇게 크면 저번에 만들었던 [액막이 결계 조각] 같은 소재로도 쓸 수 있을 것 같고, 마법 인챈트도 두 종류를 넣을 수 있을 것 같거든."

그 작업을 지켜보던 뮤우가 별 생각없이 그렇게 중얼거리자 나는 작업을 멈추고 뮤우를 바라보았다.

"저, 저기……, 왜 그래? 윤 언니."

"역시 뮤우는 좋은 생산직이 되었을지도 몰라. 뮤우가 말한 가능성은 생각도 못 했는데. 바로 아이디어를 시험해봐야겠다."

나는 세 종류 아이템을 합성시키는 합성진을 꺼낸 다음 그 위에 소재를 늘어놓았다.

일정 레벨 이하의 마법 공격을 무효화시키는 [액막이 결계 부적] 레시피는 은 금속 조각과 성수, 보석을 3종 합성해서 만들었다.

그 발전 계열로 시치후쿠 일행에게 선물했던 루어를 만들고 남은 미스릴 금속 조각, 성수, 마보석을 합성진에 놓고 [합성] 스킬을 실행했다.

그 결과──.

액막이 결계석 [소모품]
상급 마법 무효 (횟수 : 1)

"좋아, 완성했다."

"와……, 정말로 만들어버렸네."

뮤우뿐만이 아니라 타쿠 일행도 우리를 바라보고 있는 가운데 나는 상급 마법을 막아내는 [액막이 결계석]을 완성시켰다.

그리고 완성된 [액막이 결계석]을 뮤우에게 맡기고 새로운 마보석을 들었다.

"그래. 마법 스킬뿐만이 아니어도 상관없겠어.《스킬 인챈트》——, 스톤 월, 미미크리!"

나는 토속성 마법인 [스톤 월]과 [잠복] 센스로 취득한 의태 스킬 [미미크리]를 하나의 마보석에 담아 매직 젬을 만들었다.

《스킬 인챈트》로 발동시키는 아이템의 키워드는 내가 설정할 수 있다.

이번에는 인챈트된 스킬 두 개를 동시에 발동시키기 위해 키워드를 [미미크리 월]로 해둬야겠다.

"좋았어, 시험해볼까. ——[미미크리 월]!"

지면에 설치해둔 마보석 매직젬을 기점으로 돌벽이 솟구쳤고, 조금씩 주위의 경치에 의태해서 녹색으로 물들었다.

"오! 두 종류 스킬을 동시에 발동시킬 수 있다니 대단하네! 완전히 다른 스킬이야!"

"그렇게 대단한 건 아니야."

하지만 스킬의 조합에 따라 오리지널 스킬처럼 쓸 수 있을지도 모르겠다.

세이 누나는 [지연] 센스로 마법을 저장해두고 일제히 발사하는 방식으로 하급 마법 스킬을 동시에 대량으로 날려서 상급 마법에 필적하는 화력을 얻었다.

그리고 코하쿠와 리레이처럼 날리는 마법의 시너지 효과로 위력을 강하게 만들 수도 있다.

마보석 매직 젬은 동시 발동 타이밍을 컨트롤하기 쉬워서, 인챈트 스킬의 조합에 따라서는 상상도 못 한 효과가 생길지도 모르겠다.

[머드 풀]과 [샌드 바인드]로 행동을 방해하고 모래로 구속해서 완전히 잡아두거나.

[서몬 리틀 골렘]과 [미미크리]를 사용해서 플레이어로 의태하는 대역 인형.

[익스플로전]과 [익스플로전] 같은 중급 마법을 동시에 사용한 다중 폭파.

스킬들의 상성이나 매직 젬의 성질상 유용한 조합은 별로 없겠지만, 그래도 [운성강] 화살에는 없는 새로운 아이템의 가능성이 느껴지는 것 같았다.

"이것저것 시험해보려면 마보석이 부족한데. 그래도 고마워. 뮤우 덕분에 새로운 아이템을 만들 수 있었어."

내가 뮤우에게 고맙다고 인사를 하자 뮤우는 활짝 웃으며 이렇게 대답했다.

"도움이 되었다니 기쁘네. 그럼 소재를 다 모았을 때 여러 가지 스킬로 실험할 수 있게끔 레벨을 올려볼까!"

"그래. 레벨을 좀 더 올려둬야겠어."

내가 그렇게 대답하자 상황을 지켜보고 있던 타쿠가 살짝 손뼉을 쳤다.

"그러면 휴식 종료다. 윤이 의욕을 보이는 이 기회를 놓치지 말라고! 오늘은 확실하게 레벨을 올릴 거니까 고지대가 아니라 좀 더 섬의 중심 쪽으로 들어가자."

"으……, 너무 성급했나."

새로운 소재와 스킬의 가능성을 느끼고 기뻐져서 레벨을 올리자는 의욕이 생겨났다.

하지만 그렇게 급하게 전투를 하는 것보다는 느긋하게 지내고 싶다는 마음이 들었다.

나는 다시 자쿠로를《빙의》하여 고지대 너머로 보이는 밀림에서는 뤼이의 기동력을 살릴 수 없기 때문에《송환》해서 소환석으로 되돌린 다음 출발했다.

고지대에서 밀림으로 들어서자 나타나는 적 MOB의 종류도 바뀌었다.

나무들 사이를 이리저리 뛰어다니며 마법을 날리는 대형 원숭이——, 샤먼 콩.

넝쿨과 소화액을 날리며 공격을 가하는 식인 식물——,

킬러 네펜데스.

거대한 삼각뿔이 돋아난 커다란 딱정벌레——, 아틀란티스 비틀 등이 나타났다.

우리는 곧바로 적 MOB에게 대처하는 법을 익혔고, 그 이후로는 전투가 다시 작업처럼 변했다.

모두가 레벨을 올리는 전투에 익숙해지기 시작할 무렵, 적 MOB 한 마리가 나타났다.

"오, 커다란 거북이네. 육지 거북이형 MOB인가?"

사람이 한 명 앉을 수 있을 정도로 등껍질이 커다란 육지 거북이형 MOB이 느릿느릿 우리 눈앞을 걸어가 근처에 있던 야자나무의 껍질과 작은 풀을 먹고 있었다.

우리가 다가가도 전투 행동을 취하지 않는 걸 보니 비선공 MOB인 모양이었다.

"에메펀드 터틀. 윤, 운이 좋구나."

"운이 좋다고?"

"이 외딴섬의 MOB은 선공 MOB보다 비선공 MOB이 더 강하거든. 그러니까 경험치가 짭짤한 MOB이지."

플레이어와 마주치면 적대 행동을 취하는 선공 MOB보다 우리가 타이밍을 맞춰서 선제공격을 가하기 편한 비선공 MOB이 종합적인 스테이터스가 더 높다.

그리고 스테이터스에 비례해서 전투로 얻을 수 있는 경험치도 짭짤해진다.

타쿠가 전투를 벌이자고 권하자 나는 검은 소녀의 장궁을 겨누었다.

그러자 에메펀드 터틀은 무방비하게 목을 뻗어서 동그란 눈으로 우리를 바라보았다.

"으, 으윽……."

나는 겨누고 있던 검은 소녀의 장궁을 천천히 내리고 힘 없는 표정으로 타쿠에게 호소했다.

"안 돼, 공격할 수가 없어. 애교 있고 귀여우니까 쓰러뜨 리기보다는 길들여서 등껍질을 쓰다듬고 싶어."

에메펀드 터틀의 맥빠지는 표정과 동그란 눈동자가 왠지 사랑스러웠고, 매우 천천히 움직이는 모습이 귀여운 느낌 이었다.

그런 나를 보고 타쿠가 어이없어 하면서도 인정했고, 덩 달아 토우토비와 마미 씨도 에메펀드 터틀을 둘러싸며 모여 들었다.

"……윤 씨. 저도 길들이고 싶어요."

"나, 나도, 나도 같이."

"그럼 이것저것 먹을 것을 줘볼까."

나는 좀 전에 고지대에서 채집했던 다육 식물 잎과 요리 에서 쓸 채소, 과일을 인벤토리에서 꺼내 에메펀드 터틀 눈 앞에 내밀어 보았다.

『규우~, 규우~.』

천천히 입을 벌리고 턱으로 깨문 다음 삼키고는 더 달라 고 재촉하는 듯이 낮은 울음소리를 냈다.

"귀엽네. 그런데 씹는 힘이 꽤 강한데."

"그야 비선공이라도 적 MOB이니까. 물어뜯기 공격은 꽤 아프다고."

내가 조용히 중얼거리자 타쿠가 그렇게 분위기를 파악하지 못하는 말을 했기에 흘려넘겼다.

나와 토우토비, 마미 씨가 교대로 먹이를 주거나 머리와 등껍질을 쓰다듬자 기쁜 듯이 울음소리를 냈다.

"윤 언니는 좋겠다. 나도 만지고 싶어."

"딱히 물거나 하진 않으니까 와도 돼."

"정말?! 앗싸!"

내가 에메펀드 터틀 앞에서 비켜주자 뮤우가 줄 과일을 한 손으로 들고 등껍질을 쓰다듬었다.

"오, 매끈매끈하고 차가워서 기분 좋아. 루카하고 히노도 같이 쓰다듬자!"

뮤우는 루카토와 히노를 불렀지만, 그녀들은 다음에 그러겠다고 사양하며 주위에서 적 MOB이 습격하지 않는지 경계해주고 있었다.

그리고 타쿠 일행을 보니 타쿠와 케이가 주위를 경계하고 있는 와중에 간츠가 만지고 싶다는 듯이 안절부절못하고 있었지만……

"간츠는 안 돼요."

"어째서?! 나도 커다란 거북이를 만지고 싶은데!"

행복해보이는 표정으로 에메펀드 터틀을 쓰다듬고 있던

마미 씨가 돌아서서는 주위 온도가 내려간 것처럼 느껴질 정도로 싸늘한 표정을 지으며 간츠를 바라보았다.

"당신이 까불면서 MOB을 너무 만져대다가 대미지를 입혀서 싸우게 된 적이 있잖아."

미니츠가 어이없다는 듯이 지적한 대로 간츠가 지니고 있는 [격투] 센스는 맨손 상태로도 대미지 판정을 발생시키는 효과가 있다.

그 때문에 간츠가 비선공 MOB을 만지면 공격당했다고 판단해서 모처럼 길들여서 사이좋게 지내기 시작했는데 적대시할 가능성이 있다.

그리고 예전에 마미 씨의 애완동물로 마련한 합성 MOB인 윈드 젤을 맨손으로 너무 찔러대다가 자기도 모르게 쓰러뜨린 적도 있었다.

"너무해애애애애애!"

간츠의 포효가 밀림에 메아리쳤지만, 항상 있던 일이기 때문에 다들 무시하면서 에메펀드 터틀을 귀여워했다.

그렇게 잠시 쉬던 와중에 의문이 들었는지 타쿠가 물었다.

"그렇게 길들이는 건 좋긴 한데, 계속 그러다간 쓰러뜨리지 못하게 될걸?"

"으윽, 진짜 그렇다니까."

비선공 MOB을 길들여서 우호관계를 쌓는 것은 일부 사람들에게 유명한 행동이다.

특정한 아이템을 주고 그 MOB 고유 레어 소재 등과 교환하는 패턴도 있고, 너무 애착이 가서 쓰러뜨리기 힘들 때도 있다.

그리고──.

"저번에 사고로 우호 상태였던 윌 오 위스프하고 전투를 벌여서 쓰러뜨린 적이 있었는데, 죄책감이 장난 아니었어. 그리고 우호도 같은 건 그대로 이어지는 모양이야."

"오, 우호도는 리셋되지 않는구나. 좋은 정보일지도 모르겠어."

하지만 실수로 쓰러뜨려버리고 죄책감을 느낀 다음, 리젠된 위스프가 평소처럼 기쁜 듯이 내 주위를 돌아다니기 시작하는 걸 보고 왠지 미묘한 기분이 들었다.

그때를 떠올리며 먼 산을 보던 나는 살짝 고개를 저으며 의식을 되찾았다.

"제멋대로 굴어서 미안해. 다시 레벨을 올려볼까?"

『규우~, 규우~.』

나는 마지막으로 에메펀드 터틀의 머리를 한 번 쓰다듬고 휴식을 마쳤다.

그리고 기뻐하는 울음소리를 내며 내 손에 볼을 비벼대는 에메펀드 터틀을 보고 아쉬움을 느끼며 다시 레벨을 올리기 시작했다.

●

우리는 고지대에서 밀림으로 넘어와서 레벨을 올리고 있었는데, 질리기 시작했다.

[조교] 센스와 [마법] 계열 센스를 중점적으로 사용하는 전투 방식에 익숙해져서 전투가 최적화되자 사람들의 말수가 적어져만 갔다.

"윤, 센스 레벨은 어떤 느낌이야?"

타쿠가 물어보기에 센스 스테이터스를 확인해보니 장비 중인 전투 계열 센스의 레벨이 전부 오른 상태였다.

"음……, [대지속성 재능]도 30이 되어서 새로운 스킬을 습득했어. 그리고 이제야 [조교] 센스의 레벨이 50으로 올랐네."

새롭게 취득한 토속성 마법 스킬은 《샌드 바인드》와 《서몬 리틀 골렘》, 그렇게 두 종류였다.

그리고 토속성 상급 마법 스킬의 취득 조건 레벨에도 도달했지만, 다른 하나의 조건인 마법의 사용 횟수라는 조건에 걸렸기 때문에 한동안은 보류다.

그리고 내 목적인 [조교] 센스의 레벨이 일정 이상을 넘었기 때문에 상위 센스인 [조교사]로 성장시킬 수 있게 되었다.

"좋았어, 이제 [조교사] 센스하고 새로운 조교 스킬을 얻었다."

[조교사] 센스로 사역 MOB에게 스테이터스 보정 상승 효과를 주는 것뿐만이 아니라 《간이 소환》이라는 스킬도 습득했다.

일반적인 《소환》을 사용하면 MP 최대치를 비용으로 지불해서 사역 MOB을 불러내 전투에 참전시킬 수 있다.

그에 비해 《간이 소환》은 MP를 지불해서 일시적으로 소환하여 미리 설정된 사역 MOB의 스킬을 사용하는 것이다.

간단히 말하자면 모 유명한 RPG에 나오는 소환수 같은 방식이라 할 수 있다.

"뤼이하고 자쿠로의 《간이 소환》이라. 양쪽 다 희귀한 사역 MOB이니까 신경 쓰이네. 윤 언니, 새로운 스킬을 보여줘!"

뮤우가 그렇게 말하자 모두가 흥미를 보였다.

"알았어. 자쿠로, 빙의 해제. 그리고――, 《송환》!"

『뀨우~!』

내 가슴 쪽에서 스르륵 빠져나와 빙의 상태를 해제한 자쿠로가 소환석으로 되돌아갔고, 나는 그것을 들었다.

"그럼 우선 뤼이부터. 《간이 소환》――, 뤼이!"

내가 부르는 목소리에 맞춰 인벤토리에서 나온 뤼이의 소환석이 한순간 반짝였고, 하얀 입자가 반투명한 일각수의 모습을 이루었다.

《간이 소환》으로 불러낸 사역 MOB은 HP가 없는 비공격 대상인 모양이었다.

《간이 소환》으로 불러낸 뤼이는 고개를 들고 울음소리를 낸 다음 머리의 뿔에 빛을 모으고 내 주위에 하얀빛을 떨어뜨리기 시작했다.

"우와……, 예쁘다. 그리고 HP가 조금씩 회복되고 있어.

뤼이의 《간이 소환》 스킬은 회복 계열이구나!"

"그것뿐만이 아니라 상태이상 전반을 지속적으로, 자동으로 회복시켜주는 계열 스킬인 것 같아. 실질적으로 상태이상 내성을 부여해주는 거나 마찬가지네."

뮤우가 방금 전투에서 입은 대미지가 회복되는 것을 확인했고, 타쿠도 상태이상약 등으로 독이나 저주 같은 상태이상에 일부러 걸렸지만 뤼이의 《간이 소환》 스킬로 회복되는 걸 확인하고 있었다.

"뤼이. 활약할 수 있는 상황을 많이 만들어주지 못해서 미안해. 하지만 이제 어디서나 네가 활약할 수 있겠어."

내가 그렇게 말하며 반투명한 뤼이의 몸을 쓰다듬자 기쁜 듯이 목을 비벼댄 다음 빛의 입자로 변해 소환석으로 되돌아갔다.

지금까지 지형이나 상황 때문에 불러내기가 힘들었던 뤼이에게 새롭게 활약할 기회가 생기니 기뻤다.

"저기, 윤 언니. 다음은 자쿠로! 자쿠로 소환!"

"그래. 《간이 소환》——, 자쿠로!"

이쪽도 희귀한 사역 MOB인 공천호이기 때문에 《간이 소환》이 기대되었다.

하지만 스킬이 발동되는 대신 메뉴 메시지가 떴고——,
[공천호의 《간이 소환》은 설정되어 있지 않습니다]라는 내용이었다.

"어, 어라?! 자쿠로에게 《간이 소환》이 설정없다고?!"

"일반적인 소환뿐만이 아니라 《빙의》 상태도 있으니까. 거기에 《간이 소환》으로 고유 스킬까지 주면 밸런스가 안 맞으니까 없는 건지도 모르겠군."

냉정하게 분석하는 케이의 말을 듣고 나는 어깨를 축 늘어뜨렸고, 기대하고 있던 뮤우와 다른 사람들도 실망했다.

"그럼 일단 처음 목적은 달성했는데 어떻게 할까? [조교사] 레벨을 좀 더 올릴까?"

"레벨을 올리는 건 이제 질렸어~. 좀 쉬자, 아직 덜 놀았어!"

레벨을 올리는 과정이 너무 단조로웠기 때문에 뮤우가 그렇게 말하자 모두가 동의한다는 드싱 고개를 끄덕이거나 쓴웃음을 짓고 있었다.

"나도 피곤하니까 적당히 돌아다니고 싶은데. 섬 중앙의 소재 같은 걸 채집하고 싶어."

"뭐, 이 정도 멤버가 모여 있으니 쉽사리 당하지도 않을 테고, 최고의 호위지."

내가 희망사항을 말하자 타쿠도 쓴웃음을 지었고, 덩달아 뮤우와 히노도 자신이 원하는 것을 말했다.

"저요, 저요~! 그럼 나는 섬 중앙에 있는 과일을 찾아보고 싶어!"

"나는 정보 출처가 불분명한 목격정보가 있는 레어 MOB을 찾아보고 싶어!"

그 밖에도 유명한 절경 포인트를 보고 싶다거나 몇 번 [해적왕의 비보]를 가지러 가고 싶다거나, 지금까지 레벨을 올

리면서 쌓였던 욕구가 폭발한 건지 다들 차례차례 의견을
내고 있었다.

"전부 할 수는 없을 거 아냐. 뭐, 일단 돌아다녀 볼까."

타쿠는 정리가 안 되는 모양인지 목적이 없는 것을 목적으
로 삼았고, 모두 함께 시끌시끌 떠들며 걸어가기 시작했다.

토우토비와 간츠가 앞서서 밀림을 걸어가며 위기를 미리
탐지하는 역할을 맡았다.

"이봐, 다들 이쪽으로 와봐!"

그런 토우토비와 간츠가 무언가를 발견한 모양이었다.

"무슨 일인데……, 아니, 사람?"

처음 눈에 들어온 것은 땅바닥에 쓰러져 있는 NPC였고,
옷차림이 낯익었다.

"……이 옷차림은, 해적 NPC?!"

외딴섬에 상륙할 때 발생한 해적 소탕 퀘스트 때 나타난
해적 NPC와 복장이 비슷했다.

그런데 땅바닥에 엎드린 채 쓰러져 있어서 척 보기에도
수상쩍은 남자를 우리가 둘러싸자 그 남자의 등 근처에 메
뉴가 떴다.

[공복 상태인 해적 NPC가 있습니다]──만복도 0%

"……일단 만복도를 채워주면 일어난다는 건가? 윤, 부탁
할게."

193

"아니, 왜 당연하다는 듯 내게 요리를 시키는 거야, 정말. 상관없긴 하지만……."

내가 인벤토리에 넣어두었던 빵을 꺼내 해적 NPC 근처로 가져가자 해적 NPC가 벌떡 일어나 내게서 빵을 빼앗고는 먹었다.

"맛있다~! 오랜만에 먹는 밥이야! 더 줘! 더 없어?"

"그, 그래……."

빵을 하나 뺏어 먹고도 더 달라고 하는 뻔뻔한 모습이 어이가 없었지만, 만복도가 20퍼센트 회복되는 빵을 다섯 개 정도 건넸다.

그리고 건넨 빵을 먹고 만복도가 100퍼센트가 되자 이야기를 할 수 있게 된 모양이었다.

"으엑, 너희는 우리 두목을 쓰러뜨린 녀석들이잖아."

"그래, 그 퀘스트가 갑작스럽게 시작된 건 이런 식으로 이야기를 이어나가기 위해서였나?"

우리가 팔짱을 끼고 해적 NPC를 내려다보자 해적 NPC가 멋대로 이야기를 하기 시작했다.

"나는 너희하고 싸울 생각이 없어. 그런데 말이지——, 내가 가라앉는 배에서 빠져나올 때 보물 지도를 가지고 나왔어. 그래서 너희에게 제안하는 건데, 내게는 보물 지도가 있고 너희는 싸울 힘이 있어. 나와 함께 보물을 찾아서 나누는 게 어때?"

해적 NPC가 그렇게 제안했지만, 우리가 생각한 건 단 하나.

"""수상쩍어…….."""

이곳에 있는 거의 모든 사람이 해적 NPC를 보고 그렇게 생각했다.

얽히면 안 되는 타입인 상대가 제안하는 거고, 척 보기에도 함정 냄새가 난다.

그래서 우리는 해적 NPC에게서 멀리 떨어진 곳에서 의논했다.

"……어떻게 하실 건가요?"

토우토비가 모두에게 묻자 다들 서로 얼굴을 마주 보았다.

"함정 같긴 하지만 퀘스트가 있다는 거잖아. 그리고 잘만 하면 [해적왕의 비보]를 얻을 수 있을지도 몰라! 가자!"

함정이라는 걸 알면서도 의욕을 내는 뮤우를 보고 모두가 쓴웃음을 지었고, 타쿠가 나를 힐끔 보았다.

나는 평소에 미지의 퀘스트가 발생하면 머뭇거리곤 하고, 해적 NPC가 수상쩍어서 나서고 싶지 않았다.

하지만 뮤우와 타쿠 일행은 오늘 하루 내내 레벨을 올리는 걸 함께 도와줬기 때문에 나도 다른 사람들과 함께 갈 생각이다.

"나는 해봐도 괜찮을 것 같아. 계속 레벨만 올리느라 질렸잖아?"

"윤 언니, 고마워! 해적 NPC의 제안을 받아들이자!"

"윤, 오늘은 더 이상 레벨을 올리지 못할지도 모르는데, 괜찮겠어?"

타쿠는 내가 찬성한 걸 기뻐하면서도 물어보았다.

"성장한 [조교사] 센스는 아직 레벨이 낮으니까 혼자서 어느 정도는 올릴 수 있어."

"뭐, 그래. 일부러 우리가 레벨을 올리는 걸 도와줄 필요는 없겠구나."

내가 그렇게 말하자 타쿠는 납득했지만, 내가 해보자고 생각한 타산적인 이유도 있었다.

"그리고——, 뮤우나 타쿠네 파티하고 같이하면 퀘스트 성공률이 높아질 것 같으니까. 어느 정도 장애물이 있더라도 억지로 돌파할 것 같고…….."

"내게 맡겨! 윤 언니를 위해서 전부 쓸어버릴 테니까!"

뮤우가 한 말을 듣고 모두가 웃는 와중에 우리는 해적 NPC의 제안을 받아들였다.

"형씨들, 그럼 제가 그 보물이 있는 동굴로 안내할게요."

해적 NPC가 그렇게 말하고 안내해준 곳은 섬 중앙에 있는 화산 근처의 동굴이었다.

"제 지도에 나온 보물은 여기에 있는 것 같거든요. 자, 형씨들이 먼저 가시죠."

동굴 입구는 절벽 그늘에 가려져 있어서 [간파] 같은 센스가 없으면 못 보고 지나칠 것 같았다.

"으, 어둡네. ……일단 불을 켤게. ——《라이트》."

"나도 띄울게. ——《라이트》."

뮤우와 미니츠가 광속성 마법으로 빛의 구슬을 띄워서 입구에서 내부를 밝게 비추자 동굴이 쭉 이어져 있었다.

"이거 꽤 깊은데. 뭐, 가보자고."

토우토비와 간츠가 선두에 서고 나머지는 두 줄로 나란히 나아갔다.

하지만 모두가 제일 뒤에서 따라오는 해적 NPC를 믿고 있는 건 아니었기에 타쿠와 루카토가 가장 뒤에서 경계했다.

나아가 보니 서서히 동굴의 바닥이 석재로 바뀌었고, 동굴의 넓은 방 같은 곳으로 나왔다.

"저건 뭘까……."

뮤우가 중얼거리면서 손가락으로 가리킨 방 한가운데에는 천칭이 설치된 받침대가 있었다.

"……함부로 만지면 안 돼요."

토우토비가 주의하자 손을 뻗으려 하던 히노와 간츠가 급하게 손을 거두었다.

"오른쪽 천칭에는 황금 악마상이 있는디. 허벌나게 악취미여."

"후훗, 그리고 왼쪽 천칭 접시에는 금화가 산더미처럼 쌓여 있는 건가요?"

눈에 피처럼 붉은 보석이 박힌 악마상의 표정은 비웃는 것 같아서 매우 기분이 나빴다.

그리고 다른 한쪽의 금화는 우리가 사용하는 게임 내 화폐인 금화가 아니라 어떤 아이템 같은 디자인이었다.

"윤은 천칭 주위를 [언어학] 센스로 조사해줘. 뭔가 알아낼 수 있을지도 몰라."

"알았어."

나는 천칭과 받침대 주위를 둘러보면서 글자 같은 걸 발견해서 [언어학] 센스로 읽어냈다.

"힌트가 있는데. ──[욕심을 버린 자만이 내 비보를 손에 넣을 자격이 있다]라는 해적왕의 메시지야."

"그냥 생각하기에는 이 천칭에서 필요 이상으로 아이템을 가지고 가면 벌을 받는다는 느낌이네. 예전에 해봤던 어드벤처 게임에 비슷한 전개가 나왔지."

타쿠는 그렇게 말하며 망설임 없이 왼쪽 접시에서 금화 한 개를 집었다.

"""앗?!"""

타쿠의 갑작스러운 행동에 모두가 깜짝 놀라며 긴장했지만, 천칭이 살짝 기울어졌을 뿐, 아무 일도 일어나지 않았다.

"봐. 아무 일도 없지. 다들 하나씩 금화를 집으라고."

"그렇다고 해서 갑자기 집어들다니, 깜짝 놀랐잖아! 정말……."

내가 모두의 마음을 대변해서 타쿠에게 불평했지만, 실제로 아무 일도 없었기 때문에 우리도 금화를 하나씩 집어 앞면과 뒷면을 보았다.

금화 앞면에는 여자의 옆얼굴이 그려져 있었고, 뒷면에는 가운데에 작은 보석이 박혀 있고 그 주위에 무늬가 그려져 있었다.

"아직 얻지 못한 [해적왕의 비보] 중 일부는 어떤 중요한 아이템이 필요한 것도 있으니까 그걸 얻기 위한 아이템일지도 몰라."

타쿠가 인벤토리에 넣은 금화——, [해적왕의 비보 금화]와 설명 문구를 확인하면서 말하자 그런 해적왕의 비보도 있구나라고 생각하며 납득했다.

"하긴, 보물 지도만 보다가는 클리어하지 못할지도 모르지……."

[해적왕의 비보]가 눈앞에 있는데 중요한 아이템이 필요하다는 사실을 알게 되고, 외딴섬 중앙 부근까지 와서 금화를 손에 넣은 다음 다시 [해적왕의 비보]가 있는 곳으로 간다.

그렇게 단계적으로 보물찾기를 하게끔 설계되어 있는 건지도 모르겠다.

"자, 이제 이곳에는 볼일이 없으니 돌아갈까?"

그렇게 말하며 천칭을 등지고 돌아가려던 때, 큰 소리가 들려서 모두가 돌아보았다.

"너희들 바보 아니야?! 눈앞에 보물이 있는데 챙기지도 않다니!"

돌아선 우리가 본 것은 방금까지 존재를 잊고 있던 해적 NPC가 천칭 위에 있던 악마상을 옆구리에 끼고 다른 쪽 손으로 쌓여 있던 금화를 움켜쥔 채 바지 주머니에 넣고 있는 모습이었다.

"다들 출구 쪽으로 뛰어!"

타쿠가 그렇게 말하자 우리는 반사적으로 뛰어갔지만, 그 직후에 천칭 받침대만 남기고 발치의 바닥이 무너지기 시작했다.

"이런, 떨어지겄는디!"

"여러분, 먼저 가 있을게요!"

바닥의 석재가 무너진 곳 아래에는 커다란 절구 모양 구멍이 뚫렸고, 제일 먼저 코하쿠와 리레이가 미끄러지는 듯이 커다란 구멍 바닥으로 떨어졌다.

"꺄악?!"

"마미, 나를 잡아!"

그 뒤를 이어 케이와 마미 씨도 떨어졌고, 토우토비와 미니츠도 피한 곳 바닥이 무너져서 떨어졌다.

"여러분! 서두르세요!"

먼저 출구에 도착한 타쿠와 루카토가 우리를 불렀지만, 나와 뮤우, 히노, 간츠 앞에 있던 바닥이 무너져서 도망칠 곳이 막혔다.

"윤, 조금만 참아."

"어??! 무슨 짓을 할 셈인데!"

"뮤우도 가자!"

"알았어! 히노!"

간츠가 내게 히노가 뮤우에게 각각 말을 걸었다.

뮤우는 두 사람의 의도를 눈치챘지만, 나는 이해할 수가 없어서 당황했다.

"간다. 하아아아앗──!"

"루카, 잡아!"

옆에 있던 히노의 대형 망치 머리 부분에 뮤우가 올라탔고, 히노는 뮤우를 밀어내듯이 대형 망치를 휘둘렀다.

그리고 공중으로 뛰어오른 뮤우는 [입체 제한 해제] 센스로 공중을 두 발짝, 세 발짝 박차고 동굴 통로에서 기다리던 루카토의 손을 붙잡았다.

"나도 간다!"

"어? 뭐 하려고……, 으, 으아아아앗! ──《봄》!"

그 뒤를 이어 간츠도 나를 밀어내듯이 던졌고, 나는 공중에서 팔다리를 버둥거리다가 재빨리 내 뒤쪽으로 《봄》을 폭발시켜 가속하며 날아갔다.

"윤──, 어이쿠, 위험하잖아!"

속도가 부족해서 동굴 가장자리에 도착하지 못할 줄 알았지만 타쿠가 손을 뻗어서 잡아주었다.

"히노하고 간츠는?!"

"우리는 괜찮아!"

"아이 윌 백!"

히노와 간츠는 우리를 도망치게 해주고 나머지 바닥이 무너지자 휩쓸렸다.

만족스럽게 미소를 지은 두 사람은 엄지손가락을 치켜든 채 커다란 절구 모양 구멍으로 떨어져 갔다.

"쳇, 모두 떨어뜨릴 생각으로 함정을 기동시켰는데 몇 명 살아남았군."

우리를 여기까지 안내해준 해적 NPC를 보니 어느새 갈고리 로프를 던져서 동굴 천장에 매달려 있었다.

그리고 넓은 방의 바닥이 전부 무너진 다음, 이번에는 역재생하는 듯이 바닥에 떨어진 금화와 석재가 바닥에서 떠올라 조금씩 원래대로 돌아왔다.

그렇게 판타지한 광경이 벌어지는 와중에 해적 NPC가 말을 걸었다.

"이봐, 너희도 동료를 저버리고 나와 손을 잡지 않겠어? 좀 전보다 사람 숫자가 줄어들었으니 보물을 챙길 수 있는 몫이 늘어날 텐데."

천박한 미소를 지은 해적 NPC가 내려다보고 있는 와중에 조금씩 바닥이 원래대로 돌아왔고, 구멍이 작아졌다.

그리고 우리는 서로 얼굴을 마주 본 다음——.

"안타깝지만 우리는 보물보다 다른 사람들을 데리러 가는 게 더 중요하거든."

"해적을 이용할 수는 있지만, 손을 잡지는 않을 거예요."

뮤우와 루카토는 그렇게 말하며 뛰어가서 막히기 시작한 구멍으로 뛰어들었다.

"우리를 함정에 빠뜨린 거, 잊지 않을 거다!"

"그렇게 됐네. 그리고 살아서 돌아오면 두고 보자!"

그 뒤를 이어 나와 타쿠도 구멍에 뛰어들어 떨어지는 데,

막히기 시작한 구멍으로 해적 NPC의 목소리가 들려왔다.

"바보 같은 녀석들이군! 동료를 뒤따라서 모두 떨어졌어! 하지만 이제 보물은 내가 느긋하게 찾아줄 테니 안심해라!"

해적 NPC의 도발적인 목소리가 울리는 동안 위쪽에 뚫린 구멍이 막혔고, 우리는 긴 구멍 속을 미끄러져 내려갔다.

6장 기믹 보스와 화구 결전

길고 어두운 슬라이더 같은 구멍을 빠져나가자 빛이 보였다.

"으앗, 어이쿠……."

"휴우, 도착했나?"

구멍에서 튀어나와서 예상치 못하게 비틀거린 나와는 달리 타쿠는 멋지게 착지했다.

착지한 곳에서 우리가 떨어진 구멍을 올려다보니 손이 닿긴 하지만 다시 올라가서 원래 있던 곳으로 돌아가기는 힘들 것 같았다.

애초에 무너진 바닥이 원래대로 되돌아가서 막혔을 것이다.

그리고 먼저 떨어진 사람들이 우리를 돌아보았다.

"뭐야. 나하고 히노가 한 명이라도 도망치게 하려고 했는데 결국 모두 여기로 온 거야?"

뒤통수에 깍지를 끼고 있던 간츠는 말과는 달리 신나는 표정을 지으며 마지막으로 온 나와 타쿠를 바라보았다.

"거기 남아서 해적 NPC하고 교섭해봤자 결국 또 함정에 빠뜨릴 것 같으니까. 그런데 여기는 어떤 곳이야?"

타쿠가 간츠에게 대답하면서 주위를 둘러보았다.

뮤우와 미니츠가 띄운 빛의 구슬 덕분에 밝긴 한데, 이곳도 동굴 같았다.

"……제가 중간까지 조사했는데, 함정이나 아이템이 없

는 외길이었어요."

"그런데 여기는 덥거든."

토우토비가 보고하자 미니츠가 그렇게 중얼거리며 손등으로 목덜미를 문질렀다.

이 동굴은 밀림보다 [열기 대미지]의 강도가 높은 곳이라 수영복을 장비하고 쿨 드링크를 마시면 [내열 효과]로 대미지를 막을 수는 있지만, 불쾌지수가 점점 높아졌다.

"이렇게 더우니 못살것네. 얼른 탈출해야것어."

코하쿠는 무기인 부채를 펼치고 부쳐서 열기를 식히려 했다.

"아~, 코하쿠만 치사해! 나도 바람 줘!"

"내 쪽으로도 바람 부쳐줘."

"에잇! 더우니까 떨어지랑께!"

뮤우와 히노가 부채의 바람을 쐬려고 코하쿠에게 달라붙자 코하쿠는 뿌리치고 어쩔 수 없다는 듯이 두 사람도 부쳐주었다.

"후후훗, 미소녀들이 땀투성이가 된 모습도 매니악해서 좋긴 하지만, 너무 더우니까 어서 가죠."

"아니, 그 전에——, 로그아웃은 안 돼?"

모두가 외길 동굴을 걸어가는 와중에 타쿠는 메뉴를 띄워서 로그아웃을 선택했다.

"음——, '지금 로그아웃으로 탈출하면 [해적왕의 비보 금화]가 소실됩니다만 괜찮으시겠습니까'라고 뜨네. 뭐, 그렇겠지."

보아하니 바로 로그아웃해서 마을이나 길드, 각종 거점 같은 로그인 포인트에서 다시 시작하게끔 탈출하면 아이템을 정식으로 얻을 수 없는 모양이었다.

"로그아웃하면 아이템이 사라진다면 이 앞에 있는 무언가를 클리어해야만 한다는 뜻이겠네요."

타쿠가 그렇게 말하자 루카토가 다시 확인했고, 어떤 보스인지 기믹인지는 모르겠지만 모두가 마음을 다잡고 나아갔다.

푹푹 찌는 외길 동굴을 나아가다 보니 금방 바깥의 빛이 보였다.

"저기가 출구인가?"

선두에 선 케이가 그렇게 중얼거린 다음 기습을 당하더라도 막아낼 수 있게끔 방패를 든 채 나아갔고, 우리도 그 뒤를 따라 바깥으로 나갔다.

그리고 거기에서 본 광경에 우리는 말문을 잃었다.

"……아~, 설마 여기까지 왔을 줄이야."

출구인 구멍으로 아래쪽을 들여다보니 새빨간 용암이 있었다.

그리고 위를 올려다보니 구멍 내벽을 파서 만든 나선 모양 계단과 수많은 구멍이 뚫려 있었고, 위쪽에 있는 커다란 구멍으로는 푸른 하늘이 보였다.

"……아무리 생각해도 여기는 섬의 중심, 화산의 화구겠지."

"그래. 그래서 더운 거였구나."

용암의 열기가 올라온 거였구나, 그렇게 납득한 것과 동시에 빨리 이곳에서 나가고 싶다는 마음이 들었다.

"자……, 올라가서 탈출할까."

우리는 내벽에 만들어져 있는 계단을 올라가 화구 출입구 쪽으로 향했지만, 간단히 탈출시켜주지는 않을 모양이었다.

『──큐우우우우우우우웅!』

"쳇, 그냥 보내주지는 않겠다는 건가!"

위쪽 암벽 일부를 부수고 갑자기 나타난 것은 새의 몸통과 깃털을 지니고 날아다니는 수사슴 같은 합성수──, 페리톤이라는 MOB이었다.

『──큐우우우우우우우웅!』

날카로운 울음소리를 낸 다음 등에서 검붉은 구체를 수없이 만들어냈고, 거기에서 얇은 열선이 이리저리 날아다니며 화구 내벽 일부를 부수기 시작했다.

"아앗, 출구 계단이!"

화구 내벽을 파내 만든 계단이 몇 군데 부서지고 끊어지며 암벽이 용암 속으로 떨어졌다.

용암으로 떨어진 암벽이 용암을 사이에 두고 이어져 까무잡잡한 발판이 생겨났다.

"온다!"

등쪽에 만들어냈던 검붉은 구체를 없앤 페리톤은 자신의 그림자로 검은 사람 모양 그림자를 잔뜩 만들어내 계단 위아래로 보냈다.

"부하를 소환하는 타입이구나! 계단에서는 싸우기 힘들어, 발판으로 뛰어내리자!"

그렇게 말하고 제일 먼저 용암 위에 떠 있는 발판으로 뛰어내린 타쿠를 따라 뮤우 일행도 뛰어내렸다.

"크윽——, 《키네시스》!"

나는 마지막까지 망설이다가 계단 위아래에서 다가오는 검은 그림자를 보고 발판으로 뛰어내렸다.

염동 스킬로 착지해서 돌아보니 뒤쪽에서 검은 그림자가 발판으로 넘어오고 있었다.

"맞서 싸우자!"

"""——라져!"""

타쿠가 외치가 용암 위에 떠 있는 발판 위에서 전투가 시작되었다.

검은 그림자를 타쿠와 뮤우 일행이 베었고, 간츠와 히노가 날려 보냈고, 마법사들이 마법으로 그림자의 몸통에 구멍을 뚫었다.

그림자는 일격에 형태가 무너지고 사라졌지만, 위쪽에 떠 있던 페리톤이 날개를 펼치고 울음소리를 내자 새로운 그림자가 공급되었다.

"그림자를 만들어내는 페리톤을 공격하자! 검은 그림자를 만들어내는 동작을 방해해!"

두 번째 검은 그림자를 모두 없앤 다음 타쿠의 지시에 따라 모두가 페리톤을 노렸다.

"──《강궁기 · 산 무너뜨리기》!"

나는 누구보다 빠르게 위쪽에 있는 페리톤에게 강궁의 일격을 때려 넣어서 증원을 추가하는 동작을 취소시켰다.

"나이스, 윤 언니. 하아아앗──《콘센서스 레이》!"

《솔 레이》를 여러 개 합친 뮤우의 매우 두꺼운 수렴광선이 페리톤을 집어삼켰고, 페리톤 주위에서 폭발을 일으켰다.

"아직 멀었어! 단숨에 공격을 가하자!"

하지만 공격을 멈추지 않고 코하쿠, 리레이, 미니츠, 마미 씨가 연속으로 마법을 날려댔다.

"하늘 위에 있더라도 그 정도 거리는 뛰면 닿지! ──《귀신 사냥 차기》!"

나선 계단을 뛰어 올라간 간츠는 페리톤과 같은 높이에 도착한 다음 계단에서 뛰어올라 페리톤에게 발차기를 날렸다.

"아직 멀었어! ──《열공권》, 《자전 떨구기》, 《붕괴장》!"

공중에 있는 간츠가 격투 아츠를 연속으로 날렸고, 일격을 가할 때마다 뮤우 일행이 날린 마법의 여파로 일어난 연기를 날려버려서 페리톤의 모습이 드러났다.

그리고 간츠가 타격의 반동으로 거리를 크게 벌리며 페리톤보다 조금 낮은 위치에 있는 계단에 착지했다.

"어?! 대미지를 입지 않았어."

"그렇다면……, 기믹 보스구나! 다들 일단 물러나서 태세를 바로잡자!"

타쿠가 그렇게 말하자 우리는 처음 이곳으로 떨어졌던 동굴의 구멍 쪽으로 향했다.

용암에 떨어지지 않게끔 조심하며 발판에서 암벽 계단으로 뛰어넘어갔고, 페리톤이 새로 불러낸 검은 그림자를 피해 동굴 구멍으로 도망쳤다.

검은 그림자는 구멍처럼 어두운 곳에서는 존재를 유지할 수 없어서 침입하지 못하는 것 같았다.

그리고 페리톤도 체격이 커서 동굴에 들어오지 못했기에 추격해오는 적은 없었다.

"휴우……, HP가 설정되어 있지 않은 기믹 보스가 나올 줄이야. 지금까지 알아낸 정보를 정리해보자."

타쿠가 나서서 기믹 보스인 페리톤과 주변 화구의 상황을 확인했다.

· 페리톤에게는 HP가 설정되어 있지 않다.
· 화구의 중앙에 발판이 있다.
· 암벽에 만들어진 나선 계단은 군데군데 파괴되어 있다.
· 암벽에는 구멍이 수없이 뚫려 있다.

"지금까지 알아낸 정보는 대충 이 정도인데, 또 뭔가 있나?"

"그라제. 페리톤이라고 하믄 지중해에 있다는 괴조였을 건디. 그라고 그 그림자가 사람 모양으로 변해가꼬 사람들 헌티 그림자를 빼앗는 특징이 있었을 거여."

코하쿠가 설명해주자, 그래서 페리톤의 그림자에서 검은

사람 모양 부하가 생겨났구나라고 감탄했다. 원전의 모티브를 보스 MOB에 잘 짜 넣은 것 같았다.

"그런데 결국 어떻게 페리톤을 쓰러뜨리지?"

지금까지 알아낸 범위에 관한 내용을 서로 이야기해나갔지만 정작 중요한 쓰러뜨리는 방법을 알 수가 없었다.

"필요한 정보가 다 갖춰져 있진 않지만, 짐작은 가. 확증을 얻기 위해서 간츠하고 토우토비에게 부탁하고 싶은 게 있는데, 괜찮을까?"

타쿠가 그러게 말하며 간츠와 토우토비에게 무슨 이야기를 하자 둘 다 고개를 끄덕였다.

"그래, 내게 맡겨! 바로 알아보고 오지!"

"……알겠습니다. 다녀올게요."

간츠는 그렇게 말하고 구멍에서 뛰쳐나갔고, 토우토비도 [은밀] 센스의 《섀도우 다이브》로 그림자 속으로 숨은 뒤 무언가를 찾으러 갔다.

이동 속도가 빠른 간츠는 페리톤을 공격하지 않고 다른 구멍에 도착했고, 토우토비도 그림자에 숨어서 들키지 않게끔 이동한 모양이었다.

"좋았어, 두 사람이 돌아올 때까지 쉴까?"

"음~. 두 사람에게 맡겨도 되는 거야?"

내가 답답한 마음으로 기다리고 있자니 먼저 토우토비가 돌아왔고, 그 뒤를 이어 간츠도 돌아왔다.

"타쿠가 말한 때로 구멍 안에서 기믹 같은 걸 찾아냈어."

"……저는 버려진 오브젝트를 발견해서 가지고 왔어요."

간츠는 구멍에서 찾아낸 기믹을 스크린샷으로 찍어왔고, 토우토비는 오브젝트를 주워온 모양이었다.

"음, 무슨 기계 장치하고 핸들인가?"

간츠가 찍어온 스크린샷에는 기계적인 오브젝트가 나와 있었고, 토우토비가 가지고 온 것은 커다란 원형 핸들이었다.

핸들의 연결 부위와 기계적인 오브젝트 구멍 형태가 일치하는 걸 보니 끼워서 쓰는 것 같았다.

"역시 이런 게 있었구나."

"이봐, 결국 어떻게 된 거야? 무슨 핸들을 돌리는 것 같은데."

혼자서 납득하고 있는 타쿠에게 묻자 이번 기믹 보스인 페리톤의 공략 방법을 예상하며 말했다.

"아마 이런 기믹이 이 화구 내부 곳곳에 있을 거야. 그리고 작동시키면 화구 내부의 용암 위치가 상승해서 거기에 맞게 발판의 위치도 올라갈 테고."

타쿠가 손바닥으로 용암이 발판을 밀어 올리는 것 같은 시늉을 했다.

"앗, 그렇구나. 발판을 밀어 올리면 부서진 계단 위쪽도 탐색할 수 있겠어."

"그래. 그렇게 발판을 점점 밀어 올려서 일정 장소에 도착하며 본격적인 전투가 벌어지거나 그 지점에 있는 기믹으로 쓰러뜨리는 거겠지."

기믹 보스 페리톤을 공략하려면 보스의 공격을 견뎌내면

서 화구 내부에 있는 기믹을 찾아내어 작동시킬 수 있는 능력이 필요할 것이다.

"그래. 파티로 따졌을 때 뮤우네 쪽이 더 기동성이 높을 테니까 기믹 발동은 뮤우네 파티가 맡고, 우리가 페리톤을 끌어들이는 미끼를 맡을게."

보스와 맞서는 게 조금 불안하긴 하지만, 타쿠의 판단이 타당하다는 생각을 하고 있자니 뮤우가 이의를 제기했다.

"어~, 그렇게 재미있을 것 같은 역할은 우리도 하고 싶어!"

"아니, 뮤우…… 우리도 하고 싶다니……."

"기믹 발동도 중요하지만, 보스를 쓰러뜨리는 기믹은 아직 발견되지 않았잖아? 어느 정도 기믹이 진행되면 HP가 나타날 수도 있지 않을까?"

그렇게 되었을 때, 기믹 발동을 맡은 결과 보스의 행동 패턴에 익숙해지지 못한 채 보스전에 들어가는 건 힘들다고 느낀 모양이었다.

"뮤우가 말한 대로 될 가능성도 있겠구나. 간츠하고 너희들 생각은 어때?"

"괜찮지 않을까? 그런데 교대하는 타이밍에 어그로를 잘 넘길 필요가 있겠지."

"여러 파티로 움직이는 연습이라고 생각하면 되겠지. 상대방에게는 HP가 없으니까 샌드백으로는 딱 좋아."

간츠는 신이 난다는 듯이 동의했고, 케이는 꽤나 과격한 말을 꺼냈다.

HP가 없어서 기믹으로 쓰러뜨려야만 하는 보스도 파티가 안정적이면 샌드백이나 마찬가지인가? 그렇게 생각하며 먼 산을 보았다.

"그럼 페리톤을 끌어들이는 역할은 기믹이 작동할 때마다 교대하는 거로 하고, 좀 더 작전을 자세히 짜서 다시 도전할까."

그렇게 우리는 비행 보스에게 대처할 수 있게끔 연계나 장비 센스를 확인하고 기믹 보스인 페리톤에게 도전하기로 했다.

●

"자——, 작전 개시다!"

나와 타쿠네 파티는 구멍에서 뛰쳐나와 가운데에 있는 발판으로 올라갔다.

"자, 우리가 상대해주마! ——《어그로 액션》!"

케이가 아다만타이트 검과 방패를 겨누고 보라색 파동을 펼쳐서 페리톤의 어그로 수치를 높이고 주의를 끌었다.

"묶어두는 게 목적이니까 《존 인챈트》——, 디펜스, 마인드, 스피드!"

나는 모두에게 방어와 속도 상승 인챈트를 걸고 준비하였다.

"뮤우네 파티, 가라!"

그렇게 페리톤의 주의를 끌자, 구멍에서 뛰쳐나온 뮤우

일행이 토우토비가 찾아낸 핸들을 끌어안고 승강 기믹이 있는 구멍을 향해 달려갔다.

『──큐우우우우우우우우웅!』

포효하는 듯이 울음소리를 내며 페리톤의 그림자에서 검은 사람 모양 그림자가 수없이 튀어나와 발판 위에 있던 우리와 뮤우 일행을 습격했다.

뮤우 일행이 나선 계단 앞쪽과 뒤쪽에서 다가오는 검은 그림자를 쓰러뜨리며 뛰어 올라가던 동안, 발판 위에 있던 우리도 덤벼드는 그림자를 쓰러뜨리며 숫자를 줄였다.

"숫자가 많긴 하지만 일격에 사라지니까 그렇게까지 귀찮지는 않네. 간츠는 어때?"

"나도 문제 없어! 그런데 사정거리가 짧아서 접촉할 때 자꾸 할퀴어대고 있는데!"

검은 그림자가 간츠에게 맞을 때마다 검은 팔을 고무처럼 뻗어 간츠의 몸을 할퀴어대고 있었다.

"대미지 자체는 작으니까 자동 회복이면 충분하겠지! ──《리제네레이션》!"

그런 간츠에게 미니츠가 자동 회복 마법을 걸어주었고, 다가오는 그림자를 메이스로 때려서 쓰러뜨렸다.

"자, 나도 가볼까."

타쿠, 간츠, 그리고 미니츠가 검은 그림자를 상대하는 한편, 케이가 페리톤의 적개심을 끌어올려서 주의를 끌었고, 나와 마미 씨가 위쪽에 있는 페리톤을 공격했다.

"하앗──, 《에어로 캐논》!"

"──《궁기 · 단발꿰기》!"

검은 그림자를 만들어내지 못하게끔 행동을 방해하며 뮤우 일행을 노리지 못하게끔 어그로 수치를 유지했다.

하지만 뮤우 일행과 교대할 때 어그로를 너무 많이 쌓아두면 뮤우 일행이 표적을 빼앗아가기 힘들어진다.

평소에 싸우던 적 MOB과는 달리 공격을 조정할 필요가 있다.

"어그로를 너무 많이 쌓았어! 윤하고 마미는 공격을 자제해!"

페리톤의 공격을 받아내던 케이가 자세하게 지시를 내렸다.

그리고 페리톤은 공격이 막히자 등에 검붉은 구체를 띄우고 열선을 날릴 준비를 하고 있었다.

공격을 가해서 페리톤의 강력한 기술을 취소시키고 싶지만, 어그로를 너무 많이 쌓으면 안 된다.

나는 그런 상황에서 페리톤을 향해 손을 들었다.

"《커스드》──, 어택, 인텔리전스!"

내가 페리톤에게 커스드를 걸자 페리톤 주위에 어두운색 오라가 내려앉았다.

"역시 예상대로구나."

보스는 대부분 스테이터스가 높기 때문에 약체화나 상태이상 계열 스킬이 잘 걸리지 않는다.

하지만 기믹 보스인 페리톤은 HP가 설정되어 있지 않아 그런 약체화 스킬의 내성이 낮을 것 같았다.

그리고 그 직후에 날아든 열선을 케이가 쉽사리 방패로 막아내며 대미지를 줄였다.

『──큐우우우우우우우우웅!』

"좋았어, 지금이다!"

페리톤이 울음소리를 내며 부하인 검은 그림자를 불러내는 동작에 들어가자 케이가 신호를 보냈다.

"가라아아아아아!"

나는 장궁에 화살을 메기고 위쪽에 있는 페리톤을 향해 날렸다.

페리톤의 몸통에 화살이 꽂힌 순간, 고개를 축 늘어뜨리고 움직임이 둔해졌다.

"좋았어, 상태이상 화살도 먹히는데!"

방금 예상했던 대로 커스드를 이용한 약체화뿐만이 아니라 상태이상에도 내성이 없는 모양이었다.

HP가 설정되어 있지 않기 때문에 대미지를 입히는 [독] 같은 상태이상이나 예측할 수 없는 움직임을 하게 만드는 [매료], [혼란], [분노] 상태이상은 써먹을 수 없다.

하지만 [마비], [수면], [기절] 상태이상이라면 행동을 방해할 수 있다.

"타쿠 씨, 기믹을 작동시켰어!"

페리톤이 [수면]에 걸려 멈춰 있던 동안, 뮤우 일행이 첫 번째 기믹을 작동시켰다.

그러자 화산 바닥에서 묵직하고 낮은 소리가 울렸고, 용암이 솟구치며 발판이 올라갔다.

"오, 꽤 많이 흔들리는데. 그건 그렇고 용암의 수위를 조작하다니, 판타지네."

내가 화구의 승강 기믹에 감탄하며 바라보고 있자니 내가 날린 상태이상 화살에서 회복된 페리톤이 급강하해서 덤벼들었다.

"페리톤은 기믹이 작동하고 있는 동안에도 공격을 멈추지 않는구나!"

위쪽에서 급강하해서 발굽으로 내려치려는 듯이 덤벼들었고, 그 공격을 케이가 방패를 들어서 막아냈다.

그리고 페리톤은 공격이 케이에게 막힌 다음, 양쪽에서 타쿠와 간츠에게 반격당했다.

『──큐우우우우우우우웅!』

우리는 반격에 성공했고, 페리톤은 울음소리를 내면서 화구 암벽을 박차고 반동을 살려 다시 공중으로 돌아갔다.

그런데 페리톤이 발굽으로 내리친 공격을 케이가 막아내자 충격이 용암 위에 떠 있던 발판 전체에 퍼져서 발치가 불안정하게 흔들렸다.

"오……, 이거 좀 골치 아프겠는데. 아니, 위험하잖아!"

흔들리는 발판 위에서 내가 몸을 숙여서 버티고 있자니 위쪽에서 수많은 열선이 날아들었다.

나와 미니츠, 마미 씨는 근처에 케이가 있었기 때문에 그가 들어 올린 방패로 지켜주었지만, 타쿠와 간츠는 방패 범위 바깥에 있었다.

"크윽, 힘들어! 미니츠!"

간츠가 발치가 불안정한 상황에서도 구르는 듯 열선을 피했고, 타쿠는 몸으로 열선을 막아내며 버텼다.

"HP는 6할 정도 남았네. 별것 아니야!"

"간다. ──《하이 힐》!"

미니츠가 열선을 맞은 타쿠에게 회복 마법을 사용해서 HP를 회복시켰다.

그 직후──.

『──큐우우우우우우우웅!』

"뭐야?! 윽──."

미니츠가 회복 마법을 발동시킨 직후, 페리톤이 울음소리를 내더니, 타쿠의 발치의 그림자가 부풀어 올라 분리되어 위쪽에 있던 페리톤의 그림자와 동화되었다.

"타쿠의 HP가!"

완전히 회복되었던 타쿠의 HP가 8할까지 줄어든 상태였다.

"……미니츠. 한 번 더 회복."

"알았어. ──《하이 힐》!"

두 번째 회복 마법의 빛이 타쿠를 감싸자 페리톤이 울음소리를 냈고, 다시 타쿠의 그림자가 분리되어 페리톤의 그림자와 동화되었다.

"그렇구나. 회복 행동할 때 보여주는, HP 흡수 특수 행동인가?"

타쿠가 메가 포션을 꺼내 마시자 다시 페리톤이 HP를 흡수했다.

보아하니 회복된 HP량의 절반을 흡수하는 모양이었다.

하지만 간츠에게 걸어준 《리제네레이션》 같은 자동 회복 효과에는 적용되지 않는 것 같았다.

"회복시킨 HP를 흡수하다니……, 그리고 그 상대가 HP도 없는 보스라니, 엄청 낭비네."

나는 그렇게 중얼거리면서 다시 검은 그림자를 소환하려 하는 동작에 맞춰서 상태이상 약을 합성시킨 화살을 날렸다.

그리고 상승하던 발판이 멈추자 승강 기믹이 있는 구멍에서 뮤우 일행이 나왔다.

"타쿠 씨, 교대하자! 다음은 우리 차례야!"

"뮤우. 회복 행동에 반응해서 HP를 흡수하니까 조심해!"

"알겠습니다! 그럼 특수 행동 모션이 보이면 회복 마법을 써서 행동 우선도를 알아볼게요! 하아아앗!"

화산 암벽을 뛰어 올라가 공중을 박찬 뮤우는 곧바로 페리톤이 있는 높이까지 뛰어올라서 베었다.

"표적을 뺏어올 거니께 온 힘을 다해서 가불자고! ──《썬더 스톰》!"

코하쿠가 차례차례 공격을 날리는 동안 리레이도 마찬가지로 페리톤에게 공격을 가했지만, 중간에 공격을 늦추었다.

"후후훗, 화산에 있어서 그런 걸까요? 화속성에 내성이 있는 것 같네요."

"그렇다고 대충하지 말어야!"

"효율적으로 움직이는 것뿐이에요. ──《플레임 서클》!"

리레이는 페리톤을 공격하지 않고 불꽃의 고리를 조이고 폭발시켜서 달려드는 검은 그림자를 단숨에 쓰러뜨렸다.

"후후훗, 저는 검은 그림자를 없애나갈 테니 공격은 뮤우 양하고 다른 분들께 맡길게요."

"우리에게 맡겨, 리레이! 하아아앗, 한 번 더!"

뮤우는 빛의 구슬을 흩뿌리며 다시 벽을 뛰어 올라가 페리톤을 베었다.

토우토비도 투척 나이프를 던져 공격을 가했고, 루카토와 히노는 후위인 코하쿠와 리레이를 지키면서 페리톤에게 빈틈이 생기면 원거리 아츠를 날려 어그로를 쌓아나갔다.

계단을 올라가며 그런 모습을 바라보던 나는──.

"좋아, 우리도 승강 기믹을 찾으러 가자!"

"간츠. 그러기 전에 검은 그림자를 해치워야지."

선두에서 계단을 올라가던 간츠에게 타쿠가 그렇게 지적하는 동안에도 우리 앞길을 가로막으려는 듯 검은 그림자가 계단 앞뒤에서 나타나서 포위당했다.

"앞은 타쿠하고 간츠에게 맡길게. 나는 뒤쪽에서 오는 녀석들에게 대처하고."

"뒤쪽은 부탁한다! 윤은 [하늘의 눈]의 암시와 [간파]로 동굴 구멍을 조사해줘! 핸들하고 승강기믹이 있으면 조작도 부탁하고!"

타쿠가 재빠르게 지시를 내리자 나는 곧바로 나선 계단에 뚫린 구멍을 확인했다.

"이곳은 꽝이야!"

"좋아, 다음! 미니츠하고 마미 씨는 페리톤이 검은 그림 자를 소환하는 걸 방해해줘! 하지만 너무 공격을 심하게 가해서 뮤우 일행에게서 표적을 뺏어오지 말고."

"행동 방해라면――, 《엔젤 링》!"

"알겠어요. ――《에어로 캐논》!"

페리톤이 검은 그림자를 불러내는 예비동작을 보이자 미니츠와 마미 씨가 마법을 날렸다.

미니츠의 천사의 고리가 페리톤을 구속해서 움직임을 막았고, 마미 씨의 공기포가 옆쪽을 두들겼다.

그로 인해 균형을 잃고 고도가 낮아진 페리톤은 뮤우 일행에게 공격받아서 일시적으로 움직임이 멈췄다.

"핸들을 찾아냈어!"

"페리톤의 움직임이 멈췄다! 바로 승강 기믹을 찾아보자고!"

기믹 보스인 페리톤에게는 HP가 설정되지 않았지만, 대미지를 일정 이상 입히면 움직임을 멈추는 것 같았다.

그동안 맞서던 플레이어들은 포션 같은 걸 사용해서 태세를 바로잡거나 승강 기믹을 찾아서 진행했을 것이다.

"여기 있다! 승강 기믹이야!"

나는 회수한 핸들을 승강 기믹 구멍에 끼우고 돌렸다.

오랫동안 방치되어 있어서 녹이 슬었는지 핸들이 무거워

서 잘 움직이지 않았다.

"젠자아앙. 《인챈트》──, 어택!"

인챈트로 스테이터스를 강화해 핸들을 돌리자 아래쪽에서 다시 묵직한 소리가 울림과 동시에, 용암이 밀어 올린 발판이 솟구쳤다.

"슬슬 페리톤이 다시 움직일 거야! 표적을 빼앗아 오기 위해서 온 힘을 다해 공격하자!"

『──큐우우우우우우우웅!』

승강 기믹이 움직인 것과 동시에 멈춰 있던 페리톤이 날카로운 울음소리를 내며 다시 행동하기 시작했다.

"시끄러워! 좀 더 자라고!"

대미지를 입었는데도 복귀한 페리톤에게 [마비]와 [수면], [기절] 등의 상태이상 화살을 날리자, 역시 내성이 낮아서 그런지 공중에 뜬 채로 고개만 힘없이 숙인 채 잠들었다.

"……뭐라고 해야 하나, 이상한 광경이네. 하지만 잘됐어! 케이."

"하아아앗──, 《어그로 액션》!"

발판 위로 뛰어내린 케이가 다시 보라색 파동을 뿜어내며 잠든 페리톤으로부터 표적을 빼앗아 왔다.

"그럼 교대하는 거지! 윤 언니하고 타쿠 씨도 힘내!"

우리가 발판 위로 뛰어내리자 뮤우 일행이 그렇게 말하며 교대하는 듯이 화구 내벽의 나선 계단을 뛰어 올라가기 시작했다.

"일단 이 방식으로 갈 수 있는 데까지 가보고 그 뒤로는 임기응변으로 대처하자고."

"이봐, 그 말은 결국 생각 없이 일단 부딪혀보자는 말이 잖아."

어디에 어떤 함정이나 특수 행동이 있을지 모르겠지만 처음 도전하는 보스——, 그것도 기믹 보스가 상대라면 직접 싸우면서 알아나갈 수밖에 없다.

"그렇다고 할 수도 있지! 온다!"

상태이상에서 회복된 페리톤이 우리를 내려다보며 위협하는 듯이 울음소리를 낸 것과 동시에 수많은 깃털을 쏟아내며 공격했다.

"이거라면 막을 수 있어요. ——《윈드 실드》!"

케이가 들어 올린 방패 아래에 숨어 있던 마미 씨가 펼친 바람벽의 2중 방어로 날카로운 깃털 공격을 막아낸 우리는 원거리에서 다시 공격했다.

변칙적인 기믹 보스인 페리톤의 주의를 끌고, 그 틈을 타서 뮤우 일행이 승강 기믹을 작동시켰다.

그렇게 기믹 보스를 처음 상대하면서도 상황을 이해하며 한 단계씩 승강 기믹을 해결해 나갔다.

●

승강 기믹이 한 단계씩 올라갈 때마다 페리톤의 공격이

더욱 치열해졌다.

승강 기믹이 2단계를 지나자 검은 그림자를 소환하지 않게 되었다.

그 대신 검붉은 열선과 날카로운 깃털을 무차별적으로 넓은 범위에 날려댔기에, 어그로 수치를 쌓아서 표적을 집중시켰는데도 예측하지 못하고 맞는 경우가 많았다.

그리고——.

"잠깐, 그런 게 어디 있어!"

『——큐우우우우우우우웅!』

날카로운 울음소리와 함께 등 뒤에 떠 있던 검붉은 구체에서 열선이 날아들었다.

하지만 열선의 표적은 어그로 수치가 높은 플레이어가 아니라 주위의 필드였다.

열선이 화구 내부의 계단 일부를 부수자 잔해가 위쪽에서 떨어져 타고 있던 발판을 네 조각으로 갈라놓았다.

그리고 급강하한 페리톤이 좁은 발판에서 마구 날뛴 결과, 나와 타쿠, 미니츠 세 사람이 용암에 떨어져서 즉사했다.

"윤 언니, 괜찮아? 아니, 여기까지 용암이 날아왔어!"

"괘, 괜찮아. 일단은 괜찮아……, 좀 힘들긴 하지만."

용암에 닿은 곳의 감각이 사라진 충격에 기분이 안 좋아졌고, 새까만 어둠 속에서 [소생약] 사용 메뉴가 떴기에 'YES'를 선택했다.

그리고 정신을 차려보니 발판 위에 있었고, 나와 마찬가지로 용암에 떨어져서 즉사한 타쿠 일행도 빛의 입자가 조금씩 모여들면서 부활했다.

"방심한 것도 아닌데 처음 보는 패턴이라 힘든데. 즉사하지 않도록 주의해야겠어."

"그리고 HP도 잘 봐. 추격타를 맞고 쓰러질 수도 있으니까. ──《라운드 하이 힐》!"

페리톤이 발치에서 부풀어 오른 그림자를 흡수하는 바람에 모처럼 [소생약]으로 회복시킨 HP의 절반을 빼앗겼다.

그리고 페리톤의 몸이 검은 새 무리로 변신해서 플레이어를 잡아채고 높은 위치까지 올라가 그대로 용암에 떨어뜨리려 하는 등, 꽤나 고전하게 되었다.

우리는 불안정한 발판과 닿으면 즉사하는 용암, 거센 페리톤의 무차별 범위 공격을 피해 승강 기믹을 한 단계씩 올려 나갔다.

그렇게 거친 전투를 벌이던 우리는 최적의 행동을 취하지 못하고 몇 번이나 용암에 떨어져서 소생약으로 부활했다.

그리고──, 드디어 승강 기믹을 다섯 번 기동하자 페리톤과의 싸움에 끝이 보이기 시작했다.

"페리톤에게 HP가 떴어!"

"좋았어, 지금부터가 진짜 싸움이다! 가자!"

지금까지 HP가 존재하지 않았던 페리톤에게 HP 막대가 나타나, 대미지를 입힐 수 있게 되었다.

회피 능력이 뛰어난 뮤우 일행은 용암 위에 뜬 네 조각난 발판 위에서 싸웠고, 우리는 나선 계단을 올라가 페리톤의 측면에서 공격을 가해나갔다.

"자자, 우리가 상대야! ——《솔 레이》!"

뮤우 일행은 불안정하게 네 조각으로 갈라진 발판을 뛰어다니면서 페리톤의 주의를 끌고 대미지를 입혔다.

"하아아앗——, 《소닉 엣지》!"

"우오오오옷——, 《호랑포》!"

타쿠가 장검 두 자루를 휘둘러 참격을 날렸고, 간츠가 공기를 때린 권압으로 원거리에서 공격을 가했다.

페리톤의 공격도 치열해져서 나와 뮤우 일행이 여러 번 용암에 떨어졌고, 그럴 때마다 부활했지만, 대미지가 들어가고 있는 지금 살펴보니 페리톤의 HP 자체는 그렇게 많지 않았다.

그리고 페리톤의 HP가 1할 정도 남자 변화가 일어났다.

"크윽, 갑자기 대미지가 들어가지 않게 되었어!"

"젠장, 얼마 안 남았는데."

공격도, 마법도, 상태이상도, 전혀 통하지 않게 된데다 더욱 거세진 페리톤의 공격이 거의 무차별적으로 우리를 덮쳤다.

"기믹 보스라는 측면이 아직 이어지고 있다는 거구나!"

"타쿠 씨, 페리톤이 나타난 구멍을 조사해봐! 분명히 거기 힌트가 있을 테니까!"

뮤우가 소리치자 우리가 암벽 나선 계단에 닿아 있던 유일한 구멍, 페리톤이 나타났을 때 부순 구멍을 올려다보고 있자——, 이변이 일어났다.

『——큐우우우우우우우우웅!』

"이번에는 어떤 행동인데!"

나는 타쿠 일행과 함께 나선 계단을 뛰어 올라가며 페리톤의 움직임을 주시했다.

"윤! 페리톤은 뮤우 일행에게 맡기고 다음 기믹을 찾자!"

"알았어!"

타쿠가 그렇게 말하자 나는 지금 할 수 있는 걸 하기 위해 나선 계단으로 발을 내디뎠다.

그때, 뮤우 일행 쪽으로 급강하하는 페리톤이 슬쩍 보인 것과 동시에 아래쪽에서 비명이 들렸기에 멈춰 섰다.

『——큐우우우우우우우우웅!』

"——코하쿠! 리레이!"

나선 계단에서 내려다보니 아래쪽에서 급강하한 페리톤이 네 조각으로 갈라진 발판 중 하나에 발굽을 내려치는 듯이 내려섰다.

착지한 충격으로 코하쿠와 리레이가 올라타고 있던 발판이 가라앉았고, 용암 쪽으로 떨어졌다.

그리고 발판을 내려친 충격으로 용암이 파도쳤고, 다른 발판 세 곳도 거세게 흔들렸다.

그런 다음, 당당하게 용암 위에 선 페리톤이 검은 파동을 뿜어내며 발판 위에 있던 뮤우 일행을 튕겨냈다.

"꺄아아아아악!"

"――뮤우!"

뮤우네 파티 모두가 순식간에 용암에 떨어져서 전멸하는 모습을 보았다.

『――큐우우우우우우우웅!』

"이거 큰일인데. 표적이 이쪽으로 넘어왔어! 페리톤이 온다!"

페리톤이 승리를 뽐내는 듯 날카로운 울음소리를 내자 타쿠가 그렇게 말했다.

좀 전까지 뮤우 일행이 페리톤의 주의를 끌기 위해 어그로를 쌓았지만, 플레이어가 쓰러지면 어그로 수치가 리셋된다.

그 이유는 [소생약]이나 소생 스킬 등으로 부활한 직후에 어그로 수치가 유지되면 곧바로 표적이 되기 때문에 공격당하는 상태를 피하게 하기 위해서다.

그리고 좀 전까지 표적이었던 뮤우 일행이 전멸하자 페리톤은 다른 파티인 우리 쪽을 노렸다.

『――큐우우우우우우우웅!』

날개를 퍼덕이며 하늘을 달려오는 페리톤이 계단을 뛰어 올라가는 우리를 쫓아왔다.

"내가 시간을 벌게, 다들 먼저 가!"

용암에 떨어진 뮤우 일행은 발판 위에서 되살아난 다음 페리톤의 표적을 빼앗아 오기 위해 공격을 가하고 있었지만, 그 정도의 어그로 수치는 쌓지 못했다.

그래서 나선 계단 중간에 케이가 멈춰 서서, 페리톤과 맞설 자세를 취했다.

"알았어! 맡길게!"

마미 씨는 홀로 페리톤과 맞서려 하는 케이를 걱정스러운 눈치로 바라보고 있었다. 우리는 페리톤이 뚫어놓은 구멍을 향해 달려갔다.

구멍으로 뛰어들자 그곳에는 지면에 설치된 레일과 선회식 대포가 한 대 있었다. 그리고 붉은색으로 빛나는 특수 포탄이 담겨 있는 낡은 나무 상자도 있었다.

벽에 그려져 있는 그림으로 추측해보니 대포는 화약식이 아니라 마법을 대포 뒤쪽 구멍에 때려 넣어서 그 폭발력으로 포탄을 날리는 방식인 것 같았다.

왠지 그런 부분도 판타지 같다.

하지만 일단 화약식으로 운용할 수도 있는지 미스릴 포탄 옆에는 화약이 있었고, 벽에는 횃불이 켜져 있었다.

"이걸로 마무리 공격을 가하라는 건가?"

타쿠는 순식간에 그 상황을 이해했지만, 나선 계단 아래쪽에서 페리톤의 날카로운 울음소리가 들려서 내려다보니 케이가 쓰러지는 모습이 보였다.

"쳇, 벌써 쫓아오다니!"

"내가 시간을 벌게! 너희는 그동안 준비해! ──《마궁기 · 환영의 화살》!"

나는 혼자 나선 계단 가장자리에 서서 아래쪽에서 다가오는 페리톤에게 화살을 퍼부으며 어그로 수치를 쌓았다.

그 틈에 타쿠 일행이 구멍으로 들어가, 타쿠와 간츠가 레일 위에 있던 대포를 밀어서 움직이고, 미니츠가 나무 상자에서 포탄을 옮겼고, 마미 씨가 대포를 발사시키기 위한 마법을 준비하고 있었다.

"반드시 케이의 원수를 갚겠어요! 용서 못 해요!"

"그냥 시간만 벌어줬을 뿐이야, 소생약으로 부활했다고."

눈빛이 조금 무서워진 마미 씨에게 그렇게 말을 걸었지만, 안 들리는 것 같았다.

그리고 페리톤이 위쪽으로 도망쳐 온 우리에게 다가오는 동안 나는 구멍보다 더 위쪽으로 이어지는 나선 계단을 뛰어 올라가며 페리톤에게 산발적으로 공격을 반복해서 날렸다.

"잠깐! 그건 그렇고 윤은, 윤은 괜찮아?!"

타쿠가 대포를 준비하는 한편, 미니츠가 시간을 벌기 위해 계단을 뛰어 올라가는 나를 걱정스러운 눈초리로 바라보았다.

"괜찮아. 윤 녀석은 이상할 정도로 방어에 신경을 많이 쓰니까! 케이 같은 탱커는 못 되겠지만, 회피 탱커 정도는 할 수 있어."

타쿠가 그렇게 평가하는 한편, 나는 접근해 온 페리톤에게 더 이상 활로는 대처할 수 없었기에 전투 스타일을 전환했다.

"자쿠로! ──《소환》, 《빙의》! 《인챈트》──, 디펜스, 마인드, 스피드!"

『큐우!』

자쿠로를 불러낸 것과 동시에 내게 빙의시켰다.

페리톤이 날리는 날카로운 깃털 공격을 방어하는 건 자쿠로의 꼬리 세 개에 맡기고 산발적으로 마법을 날렸다.

『──큐우우우우우우우웅!』

"이건 어때!"

날카로운 깃털을 발사하는 원거리 물리 공격은 자쿠로의 꼬리로 자동 방어한다.

검붉은 열선 같은 마법 공격은 [액막이 결계 조각] 같은 방어 아이템을 써서 견뎌냈다.

가끔 몸을 스치는 공격에 당하면 메가 포션으로 단숨에 회복했다.

그리고──.

"이런! ──《스톤 월》!"

페리톤이 수사슴 뿔을 붉게 달군 채 나를 향해 돌진해 왔다.

나는 계단 가장자리에 돌벽을 만들어내고 그 뒤에 숨었다.

그리고 공중을 뛰어가기 시작한 페리톤의 붉게 달아오른 뿔이 돌벽을 받아서 무너뜨렸고, 뒤쪽에 있던 암벽도 파괴되어 연기가 뭉게뭉게 피어올랐다.

그렇게 부서진 돌벽 뒤에서 계단을 뛰어 내려가는 사람 모습을 본 페리톤은 반사적으로 고개를 흔들어 추격타를 가했다.

그 사람 모습은 페리톤의 수사슴 뿔에 걸려 나선 계단에서 화산 중심으로 떨어졌다.

『윤 언니!』

나선 계단을 뛰어올라서 쫓아오던 뮤우 일행이 용암을 향해 떨어지는 사람 모습을 보았고, 뮤우가 그 사람을 향해 소리쳤다.

"──안타깝구나.《서몬 리틀 골렘》하고《미미크리》를 조합한 미끼라고!"

『──뀨우!』

페리톤의 아래쪽에서 까만 꼬리가 스윽 뻗어서 페리톤의 몸을 휘감았고, 자쿠로의 꼬리 세 개의 힘을 빌려 페리톤의 등에 올라탔다.

[마보석]을 활용하는 방법을 생각하다가 문득 떠오른 2중 인챈트 매직 젬.

그 부산물로 익힌 지 얼마 안 된 지원 MOB을 소환하는 토속성 마법《서몬 리틀 골렘》과 은밀 스킬《미미크리》를 조합해서 만든 미끼다.

이판사판으로 미끼 인형을 마련한 나는 마찬가지로 은밀 스킬인《섀도우 다이브》로 벽 뒤쪽 그림자에 파고들어 가 페리톤이 접근해 오자 그 그림자로 넘어갔다.

미끼 인형인 나를 잘 살펴보니 빙의한 자쿠로의 귀나 꼬리까지는 흉내 내지 못해서 불완전했지만, 페리톤을 속일 수는 있었다.

"잘도 용암에 계속 떨어뜨렸겠다. 반드시 복수해주마."

페리톤의 등에 탄 나는 빙의한 자쿠로의 꼬리로 몸을 고정시키고 오른손에 대장장이 작업이나 세공을 할 때 쓰는 [운성강] 해머를 들고 있었다.

그리고 반대쪽 손에는 마찬가지로 운성강을 써서 통째로 만든 화살을 거꾸로 쥐고 있었다.

"우선——, 하나!"

나는 화살 끄트머리를 페리톤의 등에 대고 그 화살 깃 부분을 해머로 때려 단숨에 몸속까지 박아 넣었다.

『——큐우우우우우우우우웅!』

하늘 위에서 공격하는 페리톤이 사각인 등에 입은 대미지 때문에 몸을 비틀었고, 나를 떨어뜨리기 위해 날뛰었다.

하지만 자쿠로의 꼬리로 나와 페리톤을 고정했기 때문에 쉽게 떨어뜨릴 수가 없었다.

"이 정도 날뛰는 건! 안장을 안 채운 뤼이보다 약해!"

그렇게 말하며 두 번째 화살을 등에 박아 넣자 페리톤은 더욱 거세게 날뛰었다.

세 번째 화살도 등에 깊숙이 박아 넣었고 인벤토리에서 네 번째 화살을 꺼낼 쯤, 페리톤이 암벽에 등을 부딪혀서 나를 떨어뜨리려 하고 있었다.

나는 재빨리 자쿠로의 꼬리를 풀고 그대로 떨어졌다.

"——《키네시스》!"

낙하하는 기세를 경감해주는 염동 스킬을 연속으로 썼지만, 낙하 속도가 너무 빨라서 이대로 가다간 용암으로 뛰어들게 될 것 같다.

그런 나를 구해준 사람은 바로 옆에서 낚아채듯이 나를 공중에서 잡은 다음, 기세를 살려서 반대쪽 계단에 내려선 뮤우였다.

"윤 언니, 너무 무리했어!"

"아하하하, 뮤우, 미안해."

그리고 연달아 지근거리에서 직접 화살을 박아 넣어서 그런지 페리톤의 어그로는 내게 쏠렸고, 덤으로 나와 함께 있는 뮤우에게도 영향을 미쳤다.

"발사 준비가 다 됐다! 조준도 됐고!"

구멍에서 대포 준비를 마친 타쿠 일행이 페리톤을 조준했다.

"갑니다! ──《에어로 캐논》!"

마미 씨가 대포에 압축된 공기포 마법을 투입하자 대포에서 붉은색 포탄이 날아왔다.

하지만 페리톤은 날갯짓 한 번만으로 아무렇지도 않게 포탄을 피했고, 포탄은 뒤쪽 암벽에 박혔다.

"윤 언니, 온다!"

페리톤은 여전히 나와 내 옆에 함께 있는 뮤우를 노릴려고 등에 많은 검붉은 구체를 만들어냈다.

곧 있으면 지금까지 잔뜩 날렸던 열선을 한데 모아 극대 열선을 날릴 것이다.

"뮤우. 나하고 함께 있으면 휘말릴 거야. 어서 피해!"

"윤 언니를 버리고 갈 순 없어. 그리고 도망쳐봤자 이미

늦었고…….”

“이대로 가다간 둘 다 극대 열선의 먹잇감이 될 텐데.”

“그래도 둘이서 마지막까지 서 있으면 멋지잖아.”

그렇게 말한 뮤우는 위쪽에 있던 페리톤을 노려보았다.

“하아아아앗! ──《프리즘 미러》!”

무지개색으로 빛나는 결정체가 페리톤의 사선 위에 나타났다.

중급 광속성 마법인《프리즘 미러》는 무지개색 결정체를 만들어내서 일정 이하의 대미지를 무효화, 경감해주고 결정체가 입은 대미지 중 1할을 반사하는 방어 마법이다.

『──큐우우우우우우우웅!』

페리톤이 날린 극대 열선이 무지개색 결정체에 부딪쳤고, 얇은 열선은 반사되어 페리톤에게 돌아갔다.

하지만 결정체에 금이 갔고, 경감 못 한 극대 열선이 계속 결정체를 뚫기 위해 침식하고 있었다.

“안 되겠는데!”

최악의 경우에는 빙의한 자쿠로의 꼬리로 뮤우를 날려서 도망치게 해야겠다고 생각하자, 뮤우가 인벤토리에서 커다란 보석을 꺼냈다.

“뮤우, 그거…….”

“윤 언니가 마보석으로 만든 [액막이 결계석]. 그때《기능 부가》로 다중 인챈트를 시험했을 때 걸리적거린다고 해서 받아두었다가 미처 돌려주지 못했던 거야.”

그리고 보니 뮤우가 말한 걸 시험해 볼 수밖에 없어서 [마보석]으로 만들 수 있는 아이템을 이것저것 시험해봤었다.

그때 완성된 물건을 뮤우에게 맡겼는데, 돌려받는 걸 깜빡 잊고 있었다.

"윤 언니가 만든 [액막이 결계석]이 저 극대 열선을 막아낼 수 있을지 실험해야지."

그렇게 말한 뮤우는 마보석으로 만든 [액막이 결계석]을 공중으로 던졌다.

《프리즘 미러》의 결정체 때문에 위력이 경감된 상태로도 뚫고 나온 열선이 [액막이 결계석]에 부딪치자 마보석에 빨려 들어갔고, 사방팔방으로 빛을 흩뿌리며 공격이 무효화 되었다.

"이히히……, 《프리즘 미러》로 경감시키고 [액막이 결계석]으로 완전 봉쇄!"

뮤우는 기뻐했지만, 페리톤은 아직 포기하지 않았다.

다시 극대 광선 준비를 하면서 타쿠 일행이 조작하는 대포로 조준하지 못하게끔 계속 움직이고 있었다.

"이제 좀 끝내자! ──[익스플로전]!"

페리톤의 등에 박아 넣은 운성강 화살에는 《익스플로전》 마법이 인챈트 되어 있다.

깊게 박힌 운성강 화살을 일제히 폭파시켜 지근거리에서 연쇄 대미지를 입혔다.

페리톤의 남은 HP가 줄어들지는 않았지만 대미지는 축적

되었고, 일정 이상의 대미지를 입히면 움직임이 멈춘다.

"지금이야, 가라아아아아아아!"

그 틈을 놓치지 않고 타쿠 일행의 대포가 붉은색 포탄을 날렸고, 페리톤의 몸통에 박혀서 뒤쪽 암벽에 들이박았다.

『큐———.』

짤막한 울음소리와 함께 절대로 깎아낼 수 없었던 나머지 HP가 0이 되었고, 부딪힌 암벽에서 떨어져 용암 속으로 사라져갔다.

"겨우, 끝났네……."

"그래. 아~, 소생약을 다섯 개 넘게 썼어~. 완전히 적자 야~."

나와 뮤우는 용암으로 떨어져 가는 페리톤을 바라보며 화구 암벽에 등을 기댔다.

기믹 보스인 페리톤과의 전투가 끝났다는 안도감과 소생약을 많이 써서 지출이 크다는 생각이 들자 우스워져서 웃어버렸다.

종장　비보 금화와 떠돌이 해적의 가게

화구에서 빠져나온 우리는 외딴섬에서 가장 높은 화산 꼭 대기에서 멍하니 섰다.

기믹 보스인 페리톤의 거센 공격과 용암에 여러 번 떨어진 결과, 내열 효과가 있는 수영복과 그 위에 걸치고 있었던 파카 같은 옷이 군데군데 그을려서 너덜너덜해진 상태다.

"해적 NPC에게 유도당하고, 함정에 빠지고, 보스와 싸우고, 얻은 성과가 금화 하나라니."

해가 조금씩 기울어가는 와중에 [해적왕의 비보 금화]라는 소비형 중요 아이템을 하늘에 들어 올렸다.

과연 페리톤을 쓰러뜨리면서까지 손에 넣을 만한 가치가 있었던 건지, 나중에 알게 될 것이다.

우리가 조용히 화산에서 빠져나온 여운과 외딴섬의 파노라마 풍경을 멍하니 바라보고 있자니 주위를 탐색하고 있던 타쿠가 우리를 불러모았다.

"이봐~, 다들 좀 와봐!"

"응? 타쿠, 왜 그래?"

비보 금화를 쥐고 일어선 나는 타쿠가 부른 곳으로 향했다.

그곳에는 작은 철제 문과 들고 있던 비보 금화를 끼울 수 있을 것 같은 석판이 있었다.

"여기는 10번 보물 지도에 나온 곳인데."

[해적왕의 비보]가 숨겨진 장소가 나와 있고, 손에 넣는데 필요한 지도와 비보 금화를 갖춘 상태다.

그래서 타쿠는 자기가 가지고 있던 10번 지도를 들고 석판의 구멍에 비보 금화를 끼워 넣었다.

그러자 석판이 뒤집어져, 철제 문이 좌우로 열리기 시작했다.

"좋았어! 보물상자 발견!"

타쿠는 우리가 보고 있는 와중에 철제 문 안에 있던 보물상자를 회수했다.

"일단 나중에 확인할까."

"나도 그 보물 가지고 싶어!"

철제 문이 닫히고 뒤집어진 석판이 다시 앞면으로 돌아오는 걸 보고 해당 지도를 가지고 있던 뮤우가 타쿠 다음으로 10번 [해적왕의 비보]를 손에 넣었다.

"윤은 어떻게 할래? 지도를 가지고 있으면 비보 금화를 써서 [해적왕의 비보]를 얻을 수 있는데."

"음…… 10번 지도는 아마 가지고 있을 거야. 나도 얻어 볼까?"

바다 낚시를 하다가 낚은 아이템 중에 10번 지도가 있었던 것 같다.

나는 인벤토리에서 지도와 비보 금화를 꺼내, 뮤우 다음으로 보물상자를 손에 넣었다.

"자, 슬슬 해가 질 때가 되었으니까 바로 산에서 내려가서 돌아가자."

10번 지도를 가지고 있던 나와 뮤우, 타쿠가 손에 넣은 [해적왕의 비보]가 신경 쓰였는지 다들 흥미를 보였지만, 타쿠가 앞장서자 우선 안전지대로 가기로 했다.

그리고 10번 지도를 가지고 있으면서도 교환하지 않은 사람은 10번 [해적왕의 비보]가 무엇인지 확인하고 난 뒤, 다시 가지러 오거나 비보 금화를 다른 비보 획득에 쓸지 선택하려는 것 같았다.

"그건 그렇고 피곤하네⋯⋯."

레벨을 올리는 작업, 해적 NPC, 동굴의 거대한 함정, 기믹 보스인 페리톤⋯⋯.

짧은 기간동안 너무 많은 일이 있어서 다들 지친 기색이었고, 조용히 산에서 내려가 우리가 온 길로 돌아가려던 와중에 그 목소리가 들렸다.

"살려줘~, 이런 곳에서 죽는 건 싫다고~!"

비보 금화가 안치되어 있던 동굴 근처까지 온 우리는 어떤 남자의 목소리를 듣고 뛰어갔다.

우리가 향한 곳에는 식인 식물인 킬러 네펜데스에게 잡혀서 거꾸로 매달린 해적 NPC가 있었다.

그 해적 NPC를 발견한 간츠와 미니츠는 우선──.

"이건 우리를 함정에 빠뜨린 원한! 그리고 골치 아픈 화산에 떨어뜨린 원한! 그리고 이건 소생약을 잔뜩 쓰게 만든 원한!"

"이건 화산에서 모처럼 입은 수영복이 너덜너덜하게 만든 몫이야! 그리고 이게 쓸데없이 지치게 만든 몫이고!"

간츠와 미니츠는 지금까지 쌓인 원한을 풀려는 듯 두들겨 패기 시작했다.

하지만 NPC라 대미지는 발생하지 않았고, 매달려 있던 몸이 흔들리기만 했다.

"좋았어, 나도 때려야지!"

"나도!"

"이봐, 교육상 안 좋으니까 그만둬!"

뮤우와 히노도 해적 NPC를 때려서 울분을 토해내려 했기 때문에 나와 루카토 같은 사람들이 급하게 말렸다.

"앗, 너희들, 살아 있었구나! 아니, 살아계셨군요!"

"뻔뻔하기도 하지! 너도 한 번 화구에서 페리톤에게 당하고 와!"

간츠와 미니츠는 그렇게 말하며 거꾸로 매달린 해적 NPC를 빙글빙글 돌렸다.

"으아아아악, 누, 눈이 돌아가서 속이 안 좋아아아아!"

"에휴, 이야기 진도가 안 나가네. 윤, 부탁할게."

"정말……, 알겠어."

나는 활과 화살을 꺼내 해적 NPC가 매달려 있는 넝쿨을 꿰뚫었다.

그러자 매달려 있던 해적 NPC가 땅바닥에 떨어졌고, 잠시 후 일어났다.

"좀 더 살살 내려달라고! 아니, 헤헷. 형씨들도 용케 무사하셨네요!"

"그래, 덕분에 말이지. 그래서, 할 말은 그것뿐이냐?"

간츠와 미니츠는 넝쿨에서 풀려나기 전에 때려서 화풀이 했는데, 사실 타쿠도 꽤 화가 났던 모양이다.

"정말 죄송합니다! 이제 안 그럴 테니 좀 봐주세요!"

그렇게 말하며 타쿠 앞에서 염치없이 엎드려서 비는 해적 NPC를 보니 타쿠도 맥이 빠진 모양이었다.

"…………휴우, 뭐 딱히 어떻게 할 생각은 없는데. 다들 이 해적 NPC를 어떻게 했으면 좋겠어?"

"나는 용서해줘도 될 것 같아. 어차피 내버려 둬도 두 번 다시 엮일 일이 없을 테고, 믿지 않으면 되는 거니까……."

타쿠는 해적 NPC를 발견하긴 했지만 더 이상 얽힐 생각은 없는 모양이었고, 나도 동의했다.

그 의견에 루카토 일행도 찬성하자 엎드려 있던 해적 NPC가 호들갑을 떨며 기뻐했다.

"이제 해적왕의 보물 같은 꿈은 그만 꾸고, 적당히 가게를 차려서 느긋하게 지낼 거야. 생각 있으면 뭐라도 사러 오라고! 그럼 이만——, 안녕!"

"——앗?!"

용서받은 순간, 해적 NPC는 우리의 허를 찌르고는 하고 싶은 말만 하고 도망쳤다.

그 모습을 보고 멍해진 우리는 어이가 없다는 듯이 한숨을 쉬었다.

"정말……, 휘둘리기만 했네."

완전히 제멋대로 휘둘러대고, 마지막에는 가게의 장소나 뭘 파는지도 말하지 않고 사라진 해적 NPC의 행동을 나뿐만이 아니라 뮤우 일행도 어이가 없다는 듯이 바라보고 있었다.

"왠지 피곤하니까 돌아가자."

"그래. 시치후쿠네 [바다의 집]에 가서 쉴까?"

올 때는 내 레벨을 올리기 위해 최대한 전투를 많이 벌였지만, 돌아갈 때는 적을 피해서 최단거리로 근처 포탈로 이동한 다음 그곳에서 전이해서 서해안에 있는 [바다의 집]에 도착했다.

"피곤하다~. 설마 윤 언니의 레벨을 올리는 걸 도우러 갔다가 이런 일을 겪을 줄은 몰랐는데."

그렇게 말한 뮤우가 축 늘어진 채 [바다의 집]에서 달콤한 음식을 주문하자, 모두가 쓴웃음을 지으며 고개를 끄덕였다.

"자, 기대하시던 [해적왕의 비보]를 확인해볼까!"

타쿠가 그렇게 말한 것과 동시에 지도와 금화를 가지고 있던 나와 뮤우, 타쿠가 인벤토리에서 아직 열어보지 않았던 보물상자를 꺼냈다.

"""——하나, 둘!"""

모두가 지켜보는 와중에 셋이서 일제히 연 보물상자 안에는 지도 하나가 동그랗게 말린 상태로 들어 있었다.

"뭐야? 설마 비보 금화를 소비해서 얻은 게 꽝 상자였나?"

내가 그렇게 중얼거리자 타쿠가 동그랗게 말린 지도를 펼쳐서 확인했다.

해적섬의 지도 [귀중품]
외딴섬 에리어 전역의 지도.
『이건 이 몸의 10번째 보물……이라고 하면 그럴싸하지만, 그냥 섬의 지도다. 섬 중앙에 있는 화산에 올라갔다 왔지? 그럼 그걸 가지고 섬 어디든 자유롭게 찾아보라고! 하지만 진짜 보물은 그리 간단히 넘길 수 없지.』

여전히 해적왕의 설명 문구는 재미있네, 그렇게 생각하며 바라보고 있자니 타쿠가 [해적섬의 지도]를 들고 한숨을 쉬었다.
"에휴……."
"어? 타, 타쿠, 왜 그래?"
"아니, 편리하긴 한데, 머릿속 맵으로 장소는 대충 다 알고 있으니까 별로 필요가 없을 것 같아서."
"아~, 그렇구나……."
타쿠가 먼 산을 보다가 외딴섬 지도를 내려다보았다.
이 외딴섬의 지도는 섬 전역과 자신이 있는 곳을 나타내 주는 마커 기능, 섬 곳곳에 있는 건물과 지형 등이 자세하게 나와 있는 것뿐만이 아니라 [해적왕의 보물 지도]와 연동되는 기능이 있기 때문에 보기보다 편리하다.

뭐 편리하긴 하지만, 이 외딴섬 한정으로 편리한 아이템이기 때문에 유니크 무기나 강화 소재보다는 범용성이 떨어진다.

그리고 보물 지도는 파티 중에 한 명만 가지고 있으면 충분하기 때문에 모처럼 비보 금화를 써서 얻었는데 손해를 본 기분이 든 모양이었다.

"왠지 보물이라고 하기에는 납득이 안 되고 찝찝한 기분이 들어."

"그럼 또 비보 금화를 가져와서 이번에는 다른 보물을 찾으면 되잖아."

내가 그렇게 말하자 타쿠가 그렇긴 하다며 맞장구를 쳐주었다.

뮤우는 조금 전까지 보이던 지친 모습은 어디로 간 건지 루카토 일행과 함께 외딴섬 지도를 펼쳐놓고 다음에는 어느 쪽을 탐색할지 의논하고 있었다.

그리고 나도 이런 지도를 보고 어떤 곳이 있는지, 지금까지 갔던 곳은 이 부근이었구나, 그런 식으로 지도를 바라보기만 해도 즐거웠다.

"뭐, 원래 예정에 없던 경험도 했지만, 충분히 즐겼으니까 됐지. 고생 많았어!"

"""——고생 많았어!"""

우리는 [바다의 집]에서 숨을 돌린 다음 각자 로그아웃해서 그날 모험을 마쳤다.

레벨을 올리는 작업, 그리고 페리톤과 전투를 벌이는 과정에서 소생약을 비롯한 소모품을 많이 썼기 때문에 뮤우와 타쿠 일행은 날마다 [아트리엘]에 와서 구입 제한 최대치까지 아이템을 사 갔다.

　그때 사람들에게 외딴섬 에리어의 최신 정보를 들었고, 오늘은 타쿠가 우리를 함정에 빠뜨린 해적 NPC의 뒷이야기를 해주었다.

　"그 해적 NPC가 발견되었다는데."

　"정말로? 또 속이려 하는 거 아니야?"

　"아니, 도망칠 때 말한 대로 가게를 차렸어. ……아니, 우리가 그곳에서 놓아주는 선택지를 골라서 가게를 이용할 수 있게 되었다네."

　우리가 발견한 해적 NPC를 구해주고 속은 진행 과정과 [해적왕의 비보 금화]의 정보는 이미 톱 플레이어들 사이에 소문이 퍼졌고, 검증이 진행되었다.

　그 결과, 해적 NPC의 안내 없이도 비보 금화를 손에 넣을 수 있었고 아직 입수하지 못했던 [해적왕의 보물 지도] 정보가 차례차례 갱신되었다.

　그런 한편, 해적 NPC에게 안내를 받았을 때 대처 방식에 따라 그 이후 전개가 많이 바뀌는 모양이다.

　속았을 때 구멍에 떨어지는 걸 멋지게 피하면 해적 NPC

가 방금 손에 넣은 비보 금화를 써서 근처에 있는 7번 [해적 왕의 비보]가 숨겨져 있는 던전 입구까지 안내해준다.

속아서 페리톤이 있는 화구로 떨어진 다음, 무사히 탈출해서 함정에 빠뜨린 해적 NPC를 용서하지 않으면 사실 몰래 가지고 있던 대량의 비보 금화를 두고 도망치는 모양이었다.

어떤 선택지를 골라도 결과적으로 플레이어가 손해를 보는 경우는 없지만, 해적 NPC를 용서해주면 열리는 가게, [괭이갈매기집] 쪽이 플레이어들에게는 매력적인 것 같다.

그래서 해적 NPC 때문에 함정에 빠지고 그 큰 구멍으로 신나게 뛰어드는 플레이어가 계속 나타난다고 한다.

"그 해적 NPC의 가게──, [괭이갈매기집]은 독 같은 상태이상 약을 많이 팔거든."

"뭐, 쓸 때는 쓰니까."

나는 상태이상 약을 만들 수 있고, 효과가 뛰어난 것도 마련할 수 있다.

하지만 상태이상 내성 계열 센스를 단련할 때는 잔뜩 있는 게 편할 것이다.

"그럼 나는 바로 다시 외딴섬에 보물찾기하러 갈 건데 윤, 너도 같이 안 갈래?"

"나는 일정이 있어서 사양할게. 조심히 다녀와."

소모품을 사러 온 타쿠와 정보를 교환한 다음, 나는 타쿠를 배웅했다.

외딴섬에 있는 108개의 [해적왕의 비보]는 아직 전부 밝혀지지 않았지만, 그렇게 미지의 부분이 플레이어들을 매료시키는 것 같다.

"자, 나도 가볼까."

나는 뤼이와 자쿠로를 데리고 [생산 길드] 건물에 왔다.

"미리 마련하지 않으면 부족할지도 모르니까."

나도 외딴섬 에리어를 좀 더 즐기고 싶다는 마음이 있긴 했지만, 그건 타쿠나 다른 플레이어들에게 맡기고 1주년을 대비해서 준비하기로 했다.

이제 곧 여름 방학에 접어들고, OSO의 1주년을 기념하는 기념일 업데이트가 진행될 예정이다.

신규 플레이어의 유입과 새로운 콘텐츠 업데이트 등, OSO의 다양한 부분이 변화할 것이다.

그에 대비해 플레이어들을 보조해줄 수 있게끔 대비해두는 것이 [아트리엘], 그리고 나라는 캐릭터의 본분이다.

"음……, 쿄코 씨에게 확인하긴 했는데, 부족한 소재는 이 근처에 있나?"

나는 [생산 길드]에서 취급하는 소재 일람 파일을 보며 조합 계열 소재를 찾기 시작했다.

그리고 그 소재를 발견한 나는 파일을 들고 길드의 접수 NPC에게 물었다.

"실례합니다. 이 근처에 있는 소재를 사고 싶은데요. 재고가 있나요?"

"얼마나 필요하신가요?"

"일단 100개씩 부탁드립니다."

아트리엘에서는 재배하지 않지만, 꽤 일반적인 소재이기 때문에 재고가 많이 있을 것 같아서 그렇게 말했는데 접수 NPC가 곤란하다는 듯한 표정을 지었다.

"죄송합니다. 그 소재 중 절반 정도는 재고가 부족하여, 현재 사재기를 방지하기 위해 최대 30개까지만 구입하실 수 있습니다."

"어?! 아~, 그렇구나……, 어쩔 수 없지."

나와 마찬가지로 1주년 업데이트에 맞춰서 소모품이나 소재를 마련하기 시작한 플레이어가 있는 것 같다.

되팔이 길드처럼 독점하려는 게 아니라 다들 선의로 구입하는 시기가 겹쳐서 재고가 부족해졌을 것이다.

"그럼 우선 30개씩 주세요. 그런데 부족한 소재는 어떻게 하지……."

나는 소재 대금을 지불하고 지금 가져갈 수 있는 것들만 챙긴 다음 부족한 분량에 대해 생각했다.

노점에서 찾아볼까, 직접 채집하러 갈까…….

종류와 숫자가 많기 때문에 노점에서 전부 구하려면 시간이 오래 걸린다.

내가 채집하러 가는 게 빠를 수도 있지만 그건 한 종류만 부족할 경우고, 여러 종류를 대량으로 구하려면 수고가 꽤 든다.

"음~. 어떻게 하지."

"어라? 윤 군, 무슨 일이야?"

내가 고민하고 있자니 길드 회관 2층에서 마기 씨가 내려왔다.

"앗, 마기 씨. 왜 여기 계세요?"

"길드 회관에 도입한 [마도로]를 보러 왔어. 거기에서 아다만타이트를 가공하는 플레이어들하고 교류도 하고. 윤 군이야말로 여긴 무슨 일로 온 거야?"

"실은——."

OSO의 1주년 업데이트에 대비해서 상품 재고를 늘리려고 다양한 조합 소재를 사러 왔는데 재고가 부족해서 목표 수량만큼 모으지 못했다는 것에 관해 설명했다.

"그렇구나. 윤 군이 위탁 판매도 맡겨주고 있으니까 포션이 바닥나지 않게끔 넉넉하게 마련해줬으면 하는데."

마기 씨는 지금도 내 포션 같은 소모품을 [오픈 세서미]에서 위탁 판매하고 있기 때문에 1주년 업데이트에 대비한 소모품 재고는 어느 정도 관련이 있다.

"그래. 다른 사람들에게 물어보는 건 어떨까?"

"다른 사람들에게요?"

"그래. 윤 군이 필요한 소재는 수요가 있어서 재고가 적긴 하지만 있는 곳에는 있을 테니까 다른 사람들에게 물어보는 거지."

예를 들어 소재 아이템은 인벤토리에 넣어두면 열화되지

않기 때문에 쌓아두는 사람도 있을 것이다.

이번 기회에 그런 걸 사들이면 된다.

"사들일 곳은 [생산 길드]에서 빌려줄게. 뭐, 사들일 때는 소재를 독점하지 않게끔 개수와 가격을 정하고."

"알겠어요."

나는 마기 씨의 제안에 따라 조합에 필요한 소재와 필요한 이유를 적어서 제출하고 사들일 개수와 돈도 준비했다.

생산 길드에서 소재를 사들이는 가격보다 3할 정도 높게 사들이고, 생산 길드의 접수 NPC에게도 도움을 받았다.

그리고──.

"그럼 [생산 길드]에서 모집해볼게."

그렇게 마기 씨가 [생산 길드]에서 모집을 시작하고 한 시간이 지난 뒤──.

『윤, 내가 가지고 있던 소재를 들고 왔어!』『아는 사람에게 물어보니까 가지고 있다고 해서 모조리 챙겨왔어!』『우리 길드 창고에 쌓여 있던 걸 가져왔으니까 부탁할게.』

"와⋯⋯, 대, 대단하네!"

모집을 시작한 지 한 시간도 안 되어서 마기 씨가 내건 공고를 보고 사람들이 모여들었다.

미리 정해두었던 만큼 소재가 모였을 뿐만 아니라, 오히려 3배 정도는 더 모일 것 같은 기세였다.

"이쯤 해서 모집은 멈추도록 하자. 그리고 클로드하고 의

논해서 나중에 가지고 올 사람들에게도 소재가 부족하다는 걸 이유로 내세워서 사들이기로 하고. 윤 군도 괜찮지?"

소재를 사들이는 건 접수 NPC가 해주었지만, 사람의 열기가 정말 대단했다.

"네, 괜찮아요. 그런데 마기 씨. 이렇게 금방 사람이 모이나요?"

"평소에는 안 그런데……."

마기 씨는 그렇게 말하며 기쁜 듯이 내 모집에 따라 소재를 가지고 모여든 플레이어들을 바라보며 설명해주었다.

"보통 소재를 모집할 때는 돈이 필요한 플레이어하고 소재가 필요한 생산직을 잘 맞춰주는 법이야."

"뭐, 그렇겠죠."

예를 들어 아다만타이트제 무기를 만들고 싶으니 아다만타이트 광석이 100개 필요하다면 사들이는 가격은 하나당 OO만 G 같은 느낌으로 모집한다.

이번에도 그런 것과 비슷한 느낌인 줄 알았는데——.

"윤 군 같은 경우에는 소재가 필요하긴 하지만, 모으는 소재가 그렇게 귀한 것도 아니니까 많이 팔지 않으면 가격이 얼마 안 되잖아?"

"그렇죠."

생산 길드에서 사들이는 가격을 3할 정도 더 받았지만, 그래도 초보자를 위한 조합에 쓰는 소재이기 때문에 사들이는 가격 자체가 원래 저렴하다.

소재를 판다면 사들이는 가격이 더 비싼 걸 모으는 게 효율이 더 좋을 것이다.

——그런데 어째서 모여드는 거지?

"아마 이렇게 모인 이유는 윤 군의 목적하고 윤 군이 쌓아온 신뢰 때문 아닐까?"

"목적하고 신뢰요?"

"그래. [아트리엘]의 윤은 합리적인 가격으로 포션을 팔아준다는 신뢰 말이야. 신세를 지거나 앞으로 1주년 업데이트에 맞춰서 게임을 시작하는 신입들을 데리고 올지도 모르는 사람들을 응원해주는 윤 군에게 협력해주는 거지."

"그렇군요."

새삼 모여든 플레이어들을 보니 [아트리엘]의 이용객이 많았고, 돈이 부족한 사람은 별로 없었다.

내가 다른 플레이어들을 지원한다는 목적을 내걸었던 게 이런 형태로 보답받게 되니 기쁜 마음이 솟구쳤다.

"일단 금방 목표 숫자가 모였는데, 어떻게 할래?"

"저는 사람들이 가져다준 소재를 가지고 가서 포션 준비를 할래요."

내가 그렇게 말하자 마기 씨가 고개를 끄덕였고, [생산 길드]에 모여든 사람들에게 대처해나갔다.

"나머지는 생산 길드 쪽에서 사들일 테니까 다음에 같은 소재를 살 때는 부족하지 않을 거야."

"마기 씨, 감사합니다."

나는 마기 씨에게 고개를 숙여 인사를 한 다음 사들인 소재를 가지고 [아트리엘]로 돌아와 곧바로 공방으로 향했다.

"자, 모두가 준 소재야. 1주년 이벤트에 대비해서 열심히 준비해야지."

나는 [조합] 센스를 사용해서 포션 같은 소모품을 대량으로 마련하기 시작했다.

1주년 업데이트부터 OSO를 시작하는 플레이어들이 OSO를 즐기는 데 도움이 되게끔.

그리고 신규나 기존 콘텐츠와 무관하게 업데이트되는 OSO에는 아직 보지 못한 에리어나 이벤트가 수없이 많고, 더욱 추가되고 확장되어간다.

내가 그런 OSO의 미래를 상상하며 두근거리는 걸 느끼며 살짝 미소를 지었다.

"그건 그렇고, 기대되네."

외딴섬 에리어에만 정신이 팔려 있으면 아깝다.

좀 더 재미있는 것을 찾아낼 수 있게끔, 곧바로 움직일 수 있게끔, 그리고 그런 것들을 보조해줄 수 있게끔, 나는 포션 재고를 준비하기 시작했다.

——스테이터스——

NAME : 윤

무기 : 검은 소녀의 장궁, 볼프 사령관의 장궁

보조무기 : 마기 씨의 식칼, 고기 써는 식칼 중흑, 해체식칼 창무

방어구 : CS No.6 오커 크리에이터 (하복, 동복, 수영복)

액세서리 장비 한계 용량 (3/10)

· 페어리 링 (1)

· 대신하는 보옥의 반지 (1)

· 사수의 골무 (1)

예비 액세서리 일람

· 몽환의 주민 (3)

· 원예지륜구 (1)

· 도어부의 철륜 (1)

소지 SP 39

[마궁 Lv36] [하늘의 눈 Lv40] [간파 Lv47] [강력 Lv13]

[준족 Lv40] [마도 Lv45] [대지속성 재능 Lv30]

[부가술사 Lv20] [염동 Lv20] [조교사 Lv3] [요리인 Lv24]

[잠복 Lv10]

대기

[활 Lv55] [장궁 Lv45] [조약사 Lv32] [장식사 Lv10]

[연성 Lv13] [수영 Lv25] [언어학 Lv28] [등산 Lv21]

[생산직의 소양 Lv37] [신체내성 Lv5] [정신내성 Lv15]

[급소의 소양 Lv16] [선제의 소양 Lv18] [낚시 Lv10]

· 크라켄을 토벌하고 [해황 오징어의 메달]을 손에 넣었다.

· [엑토플라즈마 클레이]로 금속 찰흙을 만들고 금속 찰흙 세공을 할 수 있게 되었다.

· 외딴섬 중심부 근처에서 레벨을 올려서 [조교] 센스가 [조교사]로 성장했다.

· 마보석을 사용하는 방법으로 매직 젬과 [액막이 결계 조각]의 상위 아이템을 만들었다.

· 떠돌이 해적 NPC를 용서해주자 도구 상점 [괭이갈매기집]을 이용할 수 있게 되었다.

· [해적왕의 비보 금화]를 사용해서 [해적섬의 지도]를 손에 넣었다.

처음 뵙는 분, 오랜만에 뵙는 분, 안녕하세요. 아로하자초입니다.

이 책을 읽어주신 분, 담당 편집자인 O 씨, 작품에 멋진 일러스트를 마련해주신 유키상 님, 그리고 출판되기 전부터 인터넷에서 제 작품을 봐주신 분들께 감사드립니다.

OSO 시리즈는 현재 드래곤 에이지에서 하니쿠라운 선생님의 코미컬라이즈 버전이 연재되고 있습니다. 코미컬라이즈를 통해 큐트한 코믹 버전 윤 일행의 활약이나 귀여운 모습을 볼 수 있습니다.

OSO가 이번에 5주년을 맞이했고, 그것을 기념하여 판타지아 문고의 특설 사이트에서 캐릭터 인기투표를 하게 되었습니다.

독자 여러분께서 특설 사이트에서 좋아하는 캐릭터에 투표해주시면 좋겠습니다.

저번 권에 이어 이번 권의 무대가 된 외딴섬 에리어를 구상하는데 참고한 작품이 두 개 있습니다.

하나는 『언차티드 4』이고, 거기에 나오는 해적섬의 분위기나 등장한 기믹 등을 참고해서 그것을 OSO용으로 어레인지해서 사용하였습니다.

다른 쪽 작품은 『헌터 X 헌터』이고, 그리드 아일랜드편의 지정 카드를 의식하며 해적왕의 비보를 찾는 아이템 탐색을 만들었습니다.

그리드 아일랜드 편에 등장한 카드의 설명 문구를 읽기만 해도 '주간 소년 점프' 연재 당시에 저는 정말 두근거리면서 읽었던 기억이 있습니다.

그것을 참고하여 108개의 아이템에 각각 해적왕의 한마디를 넣고, 그것을 통해 해적왕의 이미지를 상상하는 것도 즐겁겠다고 생각하며 집필하였습니다.

여러분 마음속에는 어떤 해적왕이 탄생했을까요.

혹시나 다른 비보의 설명 문구에서 뜻밖의 일면을 볼 수 있을지도 모르겠습니다.

앞으로도 저, 아로하자초를 잘 부탁드립니다.

마지막으로 이 책을 읽어주신 독자 여러분께 다시 감사의 말씀 드립니다.

2019년 2월 아로하자초

역자 후기

안녕하세요, 천선필입니다.

『온리 센스 온라인』 17권, 재미있게 읽으셨는지 모르겠습니다.

이번 17권은 지난 16권에 이어 외딴섬 에리어를 무대로 펼쳐지는 이야기가 주된 내용이었습니다. 16권에 잠깐 등장했던 크라켄과의 전투, 그리고 16권에서는 다루지 않았던 외딴섬 중앙부의 탐험, 투석기와 빙속성 마법을 이용한 물놀이까지 꽤 알찬 내용이었던 것 같은 느낌이 듭니다. 독자 여러분께서는 어떤 내용이 마음에 드셨을지 궁금하네요.

저 개인적으로는 그중에서도 외딴섬의 메인 콘텐츠라 할 수 있는 [해적왕의 비보]의 설명 문구가 눈에 띄었습니다. 물론 그냥 대충 보고 넘기는 사람도 많은 인게임 요소지만, 이렇게 자잘한 것들이 쌓여서 세계관을 더욱 충실하게 만들어주거든요. 게임을 하면서 얻게 되는 문서나 메모 같은 걸 항상 꼼꼼하게 읽고 넘어가는 타입이라 더 그랬던 것 같습니다.

아무래도 여러모로 신경을 많이 써야 하는 메인 콘텐츠보다는 매출에 큰 영향이 없기에 비교적 작업자의 재량을 마음껏 발휘해도 되는 곁가지 콘텐츠에 작업자들이 센스나 실력, 열정을 발휘하는 경우가 꽤 많기도 하죠. 일종의 장난기라고 해야 할까요. 약간 취지가 다르긴 하지만 이스터 에그 같은 것들도 그런 장난기의 예시라고 해도 될 것 같습니다. 적당한 장난기, 그런 자유로운 분위기가 작품을 더욱 활기차게 만들기도 하니까요. 그런 면에서 가상의 게임인 OSO는 정말 매력적일 수밖에 없을 것 같습니다. 구현이 힘들다, 어른의 사정으로 넣기가 힘들다, 이런 문제에서 벗어날 수 있으니까요. 그런 게임을 개발하거나 즐기고 싶다는 생각을 항상 합니다. 이루어지긴 힘들겠지만요.

이런 생각을 하면서 이번 『온리 센스 온라인』 17권을 번역하였습니다. 매번 그랬듯이 감사의 말씀 드리고 후기를 마치려 합니다.

항상 신경을 많이 써주시는 담당 편집자분, 그리고 책을 내는 데 도움을 많이 주신 소미미디어 관계자 여러분, 그리고 가족 여러분. 감사합니다.

그 누구보다 감사드리고 싶은 분은 독자 여러분입니다. 제가 이렇게 무사히 번역을 마치고 후기를 쓸 수 있는 것도 독자 여러분 덕분이라 생각합니다. 진심으로 감사드립니다.

다시 찾아뵙게 될 때까지 행복한 하루 보내시길 바랍니다. 감사합니다.

Only Sense Online Vol.17
©Aloha Zachou, Yukisan 2019
First published in Japan in 2019 by KADOKAWA CORPORATION, Tokyo.
Korean translation rights arranged with KADOKAWA CORPORATION, Tokyo.

온리 센스 온라인 17

2021년 6월 5일 1판 1쇄 발행

저   자 아로하자초
일 러 스 트 유키상
옮 긴 이 천선필
발 행 인 유재옥
본 부 장 조병권
담당편집자 김민지
편집 1팀 이준환 박소연
편집 2팀 정영길 김민지 조찬희
편집 3팀 오준영 곽혜민 김혜주
편집 4팀 성명신
미   술 김보라 서정원
라이츠담당 한주원
디 지 털 박상섭 이성호 최서윤
인쇄제작처 코리아피앤피
발 행 처 ㈜소미미디어
등   록 제2015-000008호
주   소 서울시 마포구 토정로222, 403호(신수동, 한국출판콘텐츠센터)
판   매 ㈜소미미디어
마 케 팅 한민지 이주희
물   류 허석용
전   화 편집부 (070)4164-3962, 3963 기획실 (02)567-3388
           판매 및 마케팅 (070)4165-6688, Fax (02)322-7665

ISBN 979-11-6611-874-6
ISBN 979-11-5710-083-5 (세트)